HEYNE
BÜCHER

Vom gleichen Autor erschien außerdem
als Heyne-Taschenbuch

Die dunkle Arena · Band 5618

MARIO PUZO

LAS VEGAS

Bekenntnisse eines Spielers

WILHELM HEYNE VERLAG
MÜNCHEN

HEYNE-BUCH Nr. 5675
im Wilhelm Heyne Verlag, München

Titel der amerikanischen Originalausgabe
INSIDE LAS VEGAS
Deutsche Übersetzung von Peter Diem

2. Auflage

Genehmigte, ungekürzte Taschenbuchausgabe

Printed in Germany 1980
Umschlagbild: Manfred Schmatz, München
Umschlaggestaltung: Atelier Heinrichs, München
Gesamtherstellung: Ebner Ulm

ISBN 3-453-01125-2

FÜR
VIRGINIA CORNACCHIA PUZO

Inhalt

Einleitung

Schlechte Verlierer haben das Glücksspiel in Verruf gebracht. Seit Jahrhunderten. Schlechte Gewinner haben die Sache noch schlimmer gemacht. Frech behaupten sie, ihr Erfolg sei der Liebe Gottes zu verdanken, aber dann gehen sie hin und geben ihren ganzen heiligen Glücksgewinn für Schnaps, Huren und noch mehr Hasardspiel aus.

Dann gibt es da die moralisierenden Kiebitze: Sozialreformer, Kirchenmänner, Wirtschaftspolitiker und Theoretiker, auch Philosophen und Psychiater. Die Verdammung des Glücksspiels ist nahezu einhellig.

Und endlich gibt es die natürlichen Risiken des Spielens. Gezinkte Karten, falsche Würfel und teuflische Schiebungen bei den sonst doch so ›heiligen‹ Sportwettkämpfen.

Nimmt man all dies zusammen, so ist es erstaunlich, daß die Spielleidenschaft noch immer im Herzen der Menschen zu Hause ist. Doch die Wahrheit lautet, daß Spielen eine Art religiöser Urinstinkt unserer Spezies ist!

Der überkluge Mensch der modernen Zeit gibt sich einem primitiven Götzendienst in Form einer besessenen Selbsttäuschung hin, bei dem die Götzenbilder die Rouletteräder, lustig bemalte und rituell numerierte Spielkarten und Würfel aus Plastik sind, die vor Äonen aus den Knochen der Dinosaurier und Antilopen geschnitzt worden waren.

Mehr als jede andere menschliche Leidenschaft ist das Glücksspiel seit jeher ohne jede Milde, ohne jede Entschuldigung als Laster verurteilt worden. Trinker gelten als tragisch oder romantisch, Mörder als interessant. Den Vielfraß und den Casanova läßt man noch gelten, weil sie für ihr Geld doch wenigstens etwas bekommen. Den Politikern und den Geschäftsleuten, diesen Todfeinden des menschlichen Geistes, applaudiert man als Dienern und Baumeistern unserer Gesellschaft. Aber den Spieler verachtet man, halten doch die meisten Menschen das Spiel für ein *törichtes* Laster: Der Spieler wirft sein Geld zum Fenster hinaus.

Warum glaube ich dann, daß gerade das Glücksspiel meinen Charakter gebessert, mich vor dem Gefängnis bewahrt und mir geholfen hat, meine fünf Kinder auf recht angenehme Weise und, wie ich meine, nicht ganz erfolglos großzuziehen? Nun, weil das Spiel mir geholfen hat, meine Ehe dreißig Jahre zu erhalten, dadurch, daß ich von ihm so sehr in Anspruch genommen war, daß mir keine Zeit blieb, anderen Weibern nachzulaufen, und ich mich zu schuldbewußt fühlte, um es meiner Frau und meinen Kindern übelzunehmen, daß ich sie erhalten mußte. Das Spiel hat mich in Schulden gestürzt und mich dadurch gezwungen, mehr zu schreiben, und es hat meine Gesundheit gestärkt, indem es mich nötigte, Tennis in den Glücksspielorten zu lernen, um so den Spieltischen wenigstens etwas fernzubleiben.

Dies ist ein Buch über Las Vegas. Es zu schreiben, wurde ich doch wohl ausgewählt, weil ich im Rufe stehe, ein ›unheilbarer‹ Spieler zu sein. Schreibe ich also über Las Vegas, so geht dies nicht, ohne ein wenig persönlich zu werden. Über die erstaunliche ›Geburt‹ und Entwicklung von Las Vegas kann man nur berichten, wenn man auch über das Glücksspiel, wie es seit Anbeginn der Geschichte existiert, schreibt, über die Niedertracht, die es in das menschliche Herz gesät, und die Tragödien, die es bei ungezählten Millionen verursacht hat. Was aber sonst unerwähnt bleibt, das sind der Trost und die Freude, die das Spiel ebenso vielen Menschen bedeutet, die sonst in Welten ohne Hoffnung leben – womit man sich abfinden kann – aber auch ohne Träume, die für unser Leben unentbehrlich sind.

Dies soll keine Rechtfertigung des Glücksspiels sein. Auch keine Verherrlichung von Las Vegas und seiner Spielkultur. Aber es ist ganz gewiß auch keine moralische oder soziale Verurteilung. Es ist lediglich die Erkenntnis, daß der Spieltrieb einer der Urtriebe der Menschheit ist. Gewiß verursacht das Spiel eine Menge Leid – das tun aber auch der Krieg, der industrielle Fortschritt, die organisierten Religionen und die Sexualität. Was aber besagt das schon? Vielleicht wären wir wirklich ohne das Spiel glücklicher, doch solch ein Gedanke ist völlig irrelevant. Wir können das Glücksspiel nicht mehr loswerden. Und da ist und bleibt der beste Ort, sein Geld zu verlieren, eben Las Vegas.

Um aber einigermaßen ehrlich zu bleiben, wird dieses Buch auch zu erklären versuchen, warum die Menschen das Spiel so lieben; warum es so vielen Leuten das Leben erträglich macht und warum – obwohl man auf die Dauer stets der ›Verlierer‹ ist – doch die kurzfristigen Gewinne es für alle so verlockend machen, den ›unheilbaren‹ Spieler ausgenommen.

Las Vegas selbst ist der große Wettgewinn, das erlebte Mirakel. Ein Akt des Glaubens, wenn auch vielleicht einer des Teufels. Nichts rechtfertigt die Existenz dieser Stadt da draußen in der einsamen Wüste von Nevada. Aber die vielen Megawatt seiner Neonlichter erleuchten einen Ort, der das Mekka für Millionen von Menschen ist. Sie kommen, um zu spielen, und hoffen auf Wunder. Dabei freilich wird dieses Buch ihnen nicht helfen.

I

Wildnis und Neonlicht

Die Fahrt der ›Mayflower‹, die auslief, um die Neue Welt zu kolonisieren, wurde durch eine Lotterie in England finanziert. Soviel über Amerikas puritanisches Erbe.

Einer der zwölf Apostel wurde durch das ›Los‹, also durch eine Art von Lotterie, ausgewählt. Es war aber nicht etwa Judas.

Von George Washington wissen wir, daß er nie log. Aber er hasardierte mit allem, überall und jederzeit. Die Nacht, in der er über den Delaware setzte, um die Hessen zu überfallen, war vielleicht die einzige Nacht im ganzen Revolutionskrieg, in der er nicht Karten spielte oder würfelte. (Dennoch hielt er das Spiel für ›schlecht‹, denn in einem Armeebefehl untersagte er den einfachen Soldaten das Glücksspiel.) Die berühmten Universitäten Yale, Harvard und Dartmouth wurden mit Geldern aus Lotterien errichtet. Dasselbe gilt für die ersten Kirchen der Puritaner in der Neuen Welt und für die ersten Schulen und Brücken. Die Revolutionsarmee, mit der Amerika seine Unabhängigkeit gewann, wurde ebenfalls aus Lotterien finanziert.

Diese Tatsachen führe ich einfach deshalb an, um zu zeigen, daß das Glücksspiel kein widernatürliches Laster, die Stadt Las Vegas – so hoffe ich doch – keine Erfindung des Teufels und auch nicht unamerikanisch ist. An der Meinung, Las Vegas sei die rohe, geldgierige Hauptstadt des Sex und der Sünde, vulgär in seiner Architektur und Atmosphäre, läßt sich ohnehin nichts ändern. Und zwar, weil das Gegenteil zu schwer zu beweisen ist. Dies ist einfach ein Buch über Las Vegas als der Traumwelt des Genusses, die einen Urtrieb der menschlichen Natur befriedigt.

Es gilt der alte Satz: Alles zu seiner Zeit. Es gibt eine Stunde für Champagner und eine für Coca-Cola; eine für französische Küche und eine für Pizza; für James Joyce und für Agatha Christie; eine für Wollust und eine für echte Liebe. Einmal zieht man sich für zwei Wochen in ein Kloster zurück, und ein anderes Mal steht einem eben der Sinn nach drei wilden Tagen in Las Vegas mit Glücksspiel, Saufen und leichten Mädchen. So ein Buch über Las Vegas kann also nicht schaden. Und wer weiß – unter Umständen kann man Weisheit ebenso durch Hingabe an das Laster wie durch Übung der Tugend erwerben. Vielleicht lernt man gerade daraus ein wenig.

Um zum Kern zu kommen, zuerst einige grundlegende Tatsachen. So sehr ich Las Vegas liebe, muß ich doch gleich sagen, daß es keine Chance gibt, nach längerem Aufenthalt diese Stadt als Gewinner zu verlassen. Es ist einfach so, daß der prozentuelle Hausvorteil oder *edge,* wie wir Spieler ihn nennen, durch ehrliches Spielen nicht aufgeholt werden kann. Ich will damit nicht sagen, daß die Kasinos von Betrügern geführt würden. Im Gegenteil. Kasinos sind die ersten ehrlichen Spielstätten in der Geschichte der Menschheit – und das Glücksspiel ist so alt wie unsere Zivilisation.

Dieses Buch ist also keine Anleitung zum Gewinnen. Es gibt dafür keine Methode, kein System. Es will Ihnen nur zeigen, wie man sich in Las Vegas nicht *umbringt.* Und das ist im Grunde ganz einfach: Unterschreiben Sie niemals einen Schuldschein. Stellen Sie prinzipiell keinen Scheck aus, sondern spielen Sie bloß mit dem Geld, das Sie in der Tasche haben.

Sicherlich werden Sie auch das eine oder andere Mal gewinnen, vielleicht sogar fünf-, sechs- oder siebenmal hintereinander. Aber schließlich wird alles wieder weg sein. Denken Sie daran, daß eine Pechsträhne weitaus tödlicher ist, als eine Glückssträhne nützlich sein kann. Das ist eigentlich alles, was Sie über Las Vegas wissen müssen. Später werden wir uns ein wenig mit Systemspielen beschäftigen. Da wünsche ich viel Glück.

Erinnern wir uns, daß Las Vegas vor dreißig Jahren noch eine Kleinstadt war, in der es einige Spielkasinos im Wildweststil gab, in denen man mit einem Gewinn von fünfzigtausend Dollar die Bank sprengen konnte. Heute ist Las Vegas eine Großstadt mit einem riesigen Komplex von luxuriösen Kasinohotels im Wert von etwa einer Milliarde Dollar, der *jährlich* an die zwei Milliarden Dollar *Gewinne* auszahlt. Vergessen Sie aber nie: Das Geld, mit dem diese Milliardenanlage errichtet worden ist, stammt aus den Taschen der *Verlierer*.

Nachdem wir diese Dinge einmal beim Namen genannt haben, will ich nun von etwas ganz anderem sprechen. Drei Tage Las Vegas können zu einem unvergeßlichen Erlebnis werden. Das setzt freilich voraus, daß Sie berühmte Museen, die Freude am Lesen, gutes Theater, klassische Musik, anregende Vorträge großer Philosophen, erstklassiges Essen, ausgezeichnete Weine und wahre Liebe aus Ihrem Gedächtnis streichen. Und zwar zur Gänze streichen. Nur für drei Tage. Glauben Sie mir, diese Dinge werden Ihnen nicht abgehen. Denn: Ihr werdet sein wie die Kinder!

Las Vegas ist heute vielleicht eine der bekanntesten Städte der ganzen Welt. Reisen Sie durch die Kulturzentren Europas, sprechen Sie mit einem beliebigen Taxifahrer oder Hotelkellner über Las Vegas, und Sie können seines aufrichtigen Interesses sicher sein. Reisen Sie in den Fernen Osten, nach Japan oder Hongkong, und die Menschen werden über Las Vegas sprechen und über ihre Hoffnung, eines Tages dorthin zu kommen. Nicht, um dort ihr Glück zu machen, sondern nur um es zu sehen.

Die Ironie besteht darin, daß Las Vegas keinerlei Existenzberechtigung besitzt, außer, daß dort das Glücksspiel gesetzlich erlaubt ist. Es ist eine Wüste inmitten des Nichts. Es besitzt keinerlei Vorzüge des Klimas oder der Natur, hat keine alte Geschichte und keine landschaftlichen Reize, um den Touristen zu bezaubern. Im Grunde genommen müßte es noch immer eine staubige Kleinstadt sein, mit einem bankrotten Bumslokal als Kasino und ein paar verlotterten Motels. Ja wirklich, von Rechts wegen müßte es noch immer ein Provinznest mit einem winzigen Bahnhof sein anstatt einer kleinen Hauptstadt mit einem Flugplatz, auf dem jährlich Tausende Düsenmaschinen starten und landen. Wie ist es zu diesem Wunder gekommen? Um es ganz offen und ehrlich zu sagen: Las Vegas ist das Produkt von Männern, denen man nachsagt, sie seien die raffiniertesten Verbrecher, die Amerika oder sogar die ganze Welt je hervorgebracht hat. Und es ist kein geringer Tribut, den man der verblüffenden Alchemie des demokratischen Kapitalismus Amerikas zollen muß, wenn man feststellt, daß sich das ganze Unternehmen zu einer der achtbarsten Errungenschaften unserer Gesellschaft entwickelt hat, so dekadent diese Gesellschaft auch sein mag.

Es mag Menschen geben, denen Las Vegas ein Greuel ist und die es am liebsten ausgelöscht sehen würden. Aber sie müßten mich vorher überzeugen, daß die Erdölgesellschaften grundanständig sind, die Börse kein Schwindel und die Lateinamerikapolitik der USA nicht verrückt ist. Außerdem müßten sie mir nachweisen, daß die Demokratische Partei und die Republikanische Partei ehrlicher sind als die Mafia.

Das Glücksspiel war immer ein sehr wichtiger und keineswegs nur destruktiver Teil meines Lebens. Las Vegas wurde mein Mekka, das ich im Jahre 1964 endlich erreichte. Das ist möglicherweise eine zu persönliche Bemerkung für ein Buch über Las Vegas, aber ich sollte nicht anders über das Glücksspiel zu schreiben beginnen, auch auf die Gefahr hin, daß man dadurch auf einen seichten Charakter schließen könnte (woran etwas Wahres wäre). Ich muß sogar zugeben, daß das Spiel zu gewissen Zeiten meines Lebens einen absolut zerstörerischen Einfluß auf mich ausübte. Das Schreiben meines zweiten Romans nahm zehn Jahre in Anspruch, teilweise, weil ich soviel Zeit mit Spielen zubrachte, teilweise aber auch, weil ich soviel Zeit darauf verwenden mußte, meine Familie zu ernähren. Und dennoch – obwohl mich das Spiel manchmal aus der Verzweiflung gerettet hat, hat es mich doch nie selbst in Verzweiflung gestürzt. Der Grund dafür liegt in der Tatsache, daß ich meist nicht viel zu verlieren hatte. Und als dies schließlich doch der Fall war, schränkte ich mich im Spielen ein. Ich halte die Behauptung, daß das Spiel das Leben vieler Menschen zerstört hat, durchaus für wahr. Aber dasselbe gilt für den Schnaps, die Frauen, die große Liebe, für den Patriotismus, die Kunst, für das Gesetz trotz all seiner Größe und für die Religion.

Der Luxus von Las Vegas ist für jedermann zu haben, unabhängig von Rasse, Klasse, Religion, Aussehen oder anderen Dingen. Alles, was man benötigt, ist ein bißchen Geld. Dafür bekommt man eine Ahnung von königlichem Luxus, von schönen Frauen, die dem Harem eines Sultans wohl anstünden, und von spektakulären Shows mit den bekanntesten Stars aus der Welt des Schlagers, des Tanzes und des Films.

Das einzige, was es in Las Vegas nicht gibt, ist Kunst. Dafür aber viel Religion. In Las Vegas gibt es im Verhältnis zur Einwohnerzahl mehr Kirchen als in jeder anderen Stadt der Welt.

Es spielt keine Rolle, wenn die Küche das internationale Niveau nicht erreicht und der Service zu wünschen übrigläßt. Es macht nichts aus, daß viele der faszinierenden glitzernden Shows nur selten ein Körnchen ungetrübter Schönheit oder echten Vergnügens enthalten. Alles ist ein Traum, nichts entspricht der Realität. Diese Stadt ist ein Zufluchtsort vor der Wirklichkeit, vor drückenden Sorgen, vor wahrer Empfindung. Und deshalb ist es irgendwie richtig und angemessen, daß Las Vegas von einer Wüste umgeben ist. Von einer Wüste, die gewissermaßen als *cordon sanitaire* fungiert.

Ich habe Las Vegas immer geliebt. Aber obwohl ich dort sogar einmal meinen Wohnsitz aufgeschlagen hatte, hielt ich es doch tatsächlich nie länger als drei oder vier Tage aus. Deswegen würde ich aber auch nicht dafür eintreten, daß das Glücksspiel in allen Bundesstaaten legalisiert wird. Dies ist keineswegs die Ansicht eines verstockten Puritaners, sondern die eines Mannes, der das Spiel liebt und es sein ganzes Leben lang genossen hat. Vielleicht liegt es daran, daß ich erst irgendwohin reisen muß, wenn mich das Spielfieber packt. Ich würde in Panik geraten, wenn ich ständig in einer Stadt leben müßte, in der die Spielbanken rund um die Uhr offenhalten.

Las Vegas steht mit seinem durchlaufenden Spielbetrieb einzigartig da. Alles ist auf das Spiel ausgerichtet. Sonst gibt es kaum etwas zu tun. Im Sommer ist es für Tennis im Freien zu heiß, und im Winter ist es zu windig. Man spielt also viel Golf und wettet dabei auf den Sieger. Mit dem Erfolg, daß es wahrscheinlich auf dem Golfplatz ebenso viele Reinfaller gibt wie im Kasino. Sehenswürdigkeiten gibt es kaum. Man kann zum Hoover-Staudamm fahren, das wär's aber auch schon. Höchstens noch ein bißchen Bootfahren auf dem Lake Mead oder ein kleiner Reitausflug. Und natürlich am Swimming-pool liegen, der nie mehr als zwei Minuten vom jeweiligen Kasino entfernt ist.

Auf den Bahamas werden die Kasinos erst um ein Uhr nachmittags, in Puerto Rico sogar erst um acht Uhr abends geöffnet. Aber dort überall ist das Klima fantastisch, der Strand und das Meer wunderbar. So spielt man eben ein wenig Tennis, schwimmt in der warmen, blauen See, ißt spät zu Abend, und auf einmal ist es elf Uhr. Um vier Uhr morgens schließen die Kasinos. Da bleiben nur fünf Stunden, die Besucher um ihr Geld zu bringen. In so kurzer Zeit kann man zwar ganz schön angeknabbert werden, aber schon bei einer Spur Vorsicht gerät man kaum in Gefahr, sich komplett zu ruinieren. Anders in Las Vegas: Ein 24-Stunden-Spiel kann selbst denjenigen um sein Vermögen bringen, der nur 1-Dollar-Jetons setzt.

Aber für den, der das Spiel liebt, wirklich liebt, ist Las Vegas das Größte. In Europa wird ja viel zu langsam und zu vornehm gespielt, das ist schon fast kein Spielen mehr. Da fehlt jene nervöse Spannung, wie sie an den Crap-Tischen, beim Würfelspiel, in Las Vegas herrscht, bei dem ein Adrenalinschock den anderen jagt. In Las Vegas dreht sich das Rouletterad mindestens fünfmal so schnell wie in Cannes, und Baccara spielt man mit dem gleichen Tempo.

Man kann durchaus der Meinung sein, daß die Erregung von Las Vegas pervers ist. Aber die Lust am Spiel hat den Menschen seit Anbeginn der Geschichte verzaubert und muß daher irgendein Grundbedürfnis des Menschen befriedigen. Nun, auf jeden Fall ist es heute zu spät, Las Vegas loszuwerden. Wohl drohte einmal die Gefahr, daß die Bürger von Nevada durch eine Abstimmung Las Vegas wieder in Vergessenheit zurückfallen lassen würden. Diese Gefahr besteht aber nicht mehr, seitdem

28 Prozent der Arbeitskräfte im Bereich der Spielbanken beschäftigt sind.

Vor nicht allzulanger Zeit trugen sich die Bundesregierung und der Kongreß mit dem Gedanken, die Spielkasinos ihrer Verbindungen zur Unterwelt wegen überhaupt zu verbieten. Auch Robert Kennedy hielt Las Vegas für eine anrüchige Sache.

Wollte man jedoch das Glücksspiel in Las Vegas durch Bundesgesetz verbieten, so gingen über eine Milliarde Dollar an Investitionen und Einkommen verloren. Und das ist in einer demokratisch-kapitalistischen Gesellschaft nicht möglich. Man denke nur an die Zigarettenindustrie.

Die Art, wie ich in das Spiel im Kasino ›eingeführt‹ wurde, war so romantisch, wie es sich ein Schriftsteller nur wünschen kann. Im Jahre 1939 hatte man mich in ein Lager des Naturschutzkorps nach Lovelock, Nevada, geschickt. Außerhalb der Stadt, in der sich unser Lager befand, gab es zwei Bordelle mit den schönen Namen ›Zu Hause‹ und ›Jo Ann's‹. (Wieso erinnere ich mich überhaupt an diese Namen nach fast vierzig Jahren?) Sagte in einem Film in den Kinos der Stadt ein Schauspieler: »Wir treffen uns bei mir zu Hause«, kreischte das Publikum vor Vergnügen. Lovelock lag nur wenige Stunden von Reno entfernt, das damals *die* Spielerstadt war.

Eines Tages in jenem Jahr 1939 saß ich, der Tennager aus New York, in Reno im Kasino, das mit seinen ziegelroten Wänden auf Hölle dekoriert war: Die Serviererinnen trugen Teufelsschwänze, dick getuschte Wimpern und Mützchen mit Teufelshörnern. Sündhaft. Sündhaft. Sündhaft. Ich gab meine letzten drei Dollar für ein hübsches Animiermädchen aus, zahlte ihr irgendeinen harmlosen Drink, ohne zu ahnen, daß sie für zwei weitere Dollar mit mir ins Bett gegangen wäre. Sie war so schön, daß mir nicht im Traum eingefallen wäre, daß sie eine Nutte sei. In dieser Nacht schlief ich einige Stunden auf Holztischen im Hinterzimmer, das speziell für bankrotte Spieler reserviert war. Heute freilich weiß ich, daß ich nie ein wirklich ›hoffnungsloser‹ Spieler gewesen bin. Ein vom Spielteufel wirklich besessener Spieler hätte auch mit seinen letzten drei Dollar sein Glück beim Würfeln versucht und sie niemals für Drinks oder für eine Nacht mit einem hübschen Mädchen ausgegeben.

Da ich Narr meine gesamte Barschaft von 23 Dollar vertan und kein Geld mehr für die Heimreise hatte, ging ich hinunter zur Bahnstation. Einige gutmütige Arbeiter ließen mich zu sich auf eine Lokomotive, die nach Lovelock fuhr, um ein paar Güterwaggons abzuholen. Ich stand neben dem Lokführer. Nie werde ich diese Fahrt in der Morgendämmerung durch die Wüste vergessen. Ein halbwüchsiger, bankrotter Spieler, der gerade noch rechtzeitig zum Frühstück ins Lager zurückkommt; kein Geld in der Tasche, keine Sorgen im Kopf; überwältigt von der frischen Morgenluft und der aufgehenden Sonne. Zwei Jahre später war ich nicht mehr in einem Naturschützerlager, sondern in einem Ausbildungslager der Armee, das Land stand im Krieg. Viele weit wichtigere Dinge sollten auf mich zukommen, dennoch habe ich diese Fahrt durch die Wüste niemals vergessen.

Um richtig zu beginnen, muß ich einen kleinen Ausflug in die Geschichte machen. Dieser Teil des Landes hatte früher den Mexikanern gehört, und die Vereinigten Staaten stahlen es ihnen. (Man stoße sich nicht am Wort ›stehlen‹, schließlich und endlich ging ja alles gut aus. In diesem Buch werden keine moralischen Urteile gefällt.)

Im Jahre 1776 jedenfalls, als die amerikanischen Kolonien ihren Freiheitskrieg gegen England begannen, hißten ein gewisser Padre Escalante und seine Truppe spanischer Soldaten die Fahne ihres Landes über einer grünen Oase mitten in einer schier endlosen Wüste. Sie nannten den Ort *Las Vegas*, was im Spanischen soviel wie *Die Wiesen* bedeutet. Jene Spanier, die weiter nach Norden vordrangen und den gebirgigen Teil des Staates entdeckten, nannten die gesamte Region *Nevada*, also *verschneit*. Gibt es auf spanisch kein Wort für ›Wüste‹?

Nachdem wir das Gebiet den Mexikanern abgenommen hatten, die vorher schon die Spanier vertrieben hatten, wurde Las Vegas hauptsächlich von nackten Paiute-Indianern bewohnt. Diese gaben sich stundenlang dem Vergnügen hin, Knöchelchen und bemalte Stäbchen in einem Würfelspiel über den Sand zu rollen und bei den Wetten ihre Frauen und Pferde einzusetzen. (Könnten das besondere Klima und selbst der Boden den Spieltrieb im Menschen nähren?) Jedenfalls schickte 1855 der Mormonenführer Brigham Young einige seiner besten und zugleich brutalsten Leute nach Las Vegas, um die Indianer zu ›bekehren‹ und das Gebiet in blühendes Farmland zu verwandeln.

Die Mormonen waren in jener Zeit dafür bekannt, gute Farmer und noch bessere Schützen zu sein. Aber selbst sie konnten der heißen Sonne und dem Spielfieber der Indianer auf die Dauer nicht standhalten. Nach drei Jahren gaben die Mormonen auf und kehrten nach Salt Lake City zurück. Später stellte sich heraus, daß sie einen großen Fehler gemacht hatten, denn unter dem heißen Sand lag unsagbarer Reichtum an Gold und Silber.

Aber 1955, hundert Jahre später, übersiedelte ein Mormone, der junge Bankier E. Parry Thomas, von Salt Lake City nach Las Vegas. Während es den Leuten Brigham Youngs nicht gelungen war, aus der Wüstenoase etwas Brauchbares zu machen, zauberte Parry Thomas aus dem Wüstensand die Metropole des Glücksspiels hervor.

Thomas hat die Weitsicht und den Mut, gewaltige Kredite für den Bau fantastischer Paläste in der Wüste von Nevada zu riskieren. (Natürlich hat er damit für sich und seine Freunde sehr viel Geld verdient, es wird auf etwa 30 Millionen Dollar geschätzt.) Zu ihm geht man, wenn man irgendein Geschäft in Vegas anfangen will, ob es nun der Bau eines Hotels ist oder das Anlegen von Kapital oder ein Kredit. Er half Howard Hughes, dessen Hotelimperium in Vegas zu errichten, und es heißt, er sei einer der wenigen, die Hughes in natura auf dem Boden von Nevada gesehen haben. Thomas ist aber auch der Architekt der gesellschaftlichen und der kommunalen Struktur von Las Vegas. Was wäre geschehen, wenn er hundert Jahre früher gekommen und der Mann gewesen wäre, der mit jenen spielenden Indianern zu verhandeln gehabt hätte? Aber besser später als niemals. Es ist irgendwie nett zu wissen, daß Las Vegas erst richtig erblühte, als ein Mormone kam.

Doch im Jahre 1849 lockte der berühmte Goldrausch unzählige Menschen aus dem Osten nach Kalifornien. Sie waren so gierig, daß sie über die sagenhafte gold- und silberhaltige Erzader von Comstock in Nevada einfach hinwegmarschierten. Das ist ganz typisch: Menschen, die sich den Goldsuchern anschließen, sind geborene Spieler, und Spieler versäumen für gewöhnlich den Anschluß. Aber im Jahre 1859 hatten einige von ihnen Glück – wie Spieler eben doch auch manchmal Glück haben – und stolperten über die Goldgrube von Comstock. Und so ließen sich schließlich ziemlich viele Menschen in Nevada für mehr oder weniger ständig nieder. Daß sie die Indianer bei nächstbester Gelegenheit schnurstracks in die Wüste jagten, versteht sich ja fast von selbst.

Im Jahre 1864 zählte Nevada ungefähr vierzigtausend Einwohner. Sie bildeten rechtlich gesprochen noch immer ein selbständiges ›Territorium‹ und haßten die Bundesgesetzgebung. Nach einem der Bundesgesetze stand dem Bezirksstaatsanwalt für jede Verurteilung eines Spielers eine Prämie von hundert Dollar zu. Die Bürger von Nevada wollten so bald als möglich die Anerkennung als vollberechtigter Bundesstaat erreichen, um die direkte Verwaltung durch die Bundesregierung loszuwerden und in Ruhe spielen zu können, bevor ein Großteil der Bevölkerung ins Kittchen wanderte.

Wer sie letztlich vor dem Gefängnis bewahrte, war eine der erlauchtesten Gestalten der amerikanischen Geschichte: Abraham Lincoln, Präsident der Vereinigten Staaten. Er bediente sich dabei – man glaubt es kaum – eines ganz üblen Tricks. Im Jahre 1864 benötigte Lincoln bei der Abstimmung über die Sklavenbefreiung nämlich die Stimmen Nevadas. Nach dem Gesetz waren für die Anerkennung 127 000 Einwohner notwendig. Nevada hatte weniger als ein Drittel. Lincoln ersuchte deshalb den Kongreß um ein Sondergesetz, das auch beschlossen wurde. Auf diese Weise wurde Nevada zum Bundesstaat erhoben. Die ganze Sache war sicherlich nicht zimmerrein, diente aber einem guten Zweck. Woraus sich die Moral ergibt, daß Gutes auch auf krummen Wegen erreicht werden kann. Wenn das aber stimmt, warum sagt man dann immer, daß Las Vegas seinen Ruhm und seinen Wohlstand allein dem bekannten Mörder und Gangster Bugsy Siegel verdanke?

Die Stadt Las Vegas wurde offiziell am 15. Mai 1905 nach einer öffentlichen Versteigerung von Grundstücken der bekannten Eisenbahngesellschaft Pacific Railroad gegründet. Die Eisenbahn brachte damals reiche Kalifornier umsonst nach Las Vegas, damit sie dort ihr Geld für wertloses Wüstenland hinauswerfen konnten. Die Gesellschaft verkaufte die Grundstücke für je fünfzehnhundert

Dollar und kassierte das Geld, frohlockend wie ein Zigeuner bei einem Taschenspielertrick. Natürlich konnte niemand ahnen, daß dieselben Grundstücke schon nach fünfzig Jahren für eine Million Dollar verkauft werden würden.

Aber in jenen frühen Tagen war Las Vegas eben nichts weiter als eine Wüstenfläche, umgeben von erschöpften Gold- und Silberminen. Es gab offensichtlich überhaupt keine Einnahmequellen. Das einzige Kapital, das Nevada besaß, war das Freiheitsbewußtsein seiner Einwohner. Die Leute waren, um es unverblümt zu sagen, Spieler und – im puritanischen Sinn des Wortes – ›Hurentreiber‹. Das heißt, sie gestatteten offen die Prostitution und duldeten das legale und illegale Glücksspiel. Diese sogenannten ›Laster‹ stellten sich später als die Existenzgrundlage für den souveränen Staat Nevada heraus. Heute hören das einige Bürger – völlig ohne Grund – nur ungern. Es ist aber einfach eine Tatsache, daß die Einwohner Nevadas eben weit weniger zur Heuchelei neigten als die übrigen Bürger Amerikas und zudem weit mehr Hausverstand hatten. Was gab es denn da draußen in der Wüste tatsächlich an Zerstreuungen? Die Paiute-Indianer mit ihren bemalten Stöckchen und Knöchelchen sind schon auf dem richtigen Weg gewesen!

Bereits im Jahre 1879 wurde das Glücksspiel legalisiert, wenn es auch jeweils der behördlichen Genehmigung bedurfte. Häuser, die keine Lizenz besaßen, zahlten einfach die vorgesehenen Strafen. Unglückseligerweise machte sich aber Falschspiel breit, Menschen ruinierten ihre Karriere und verloren gelegentlich auch im Streit über die Frage ihr Leben, wieso das Pik-As auf wunderbare Weise plötzlich dort auftauchte, wo es nichts zu suchen hatte. Bei allem, was recht ist, warum sollten sich die Bürger von Nevada in irgendeiner Weise von den Spielern im alten Rom oder im England des 19. Jahrhunderts unterscheiden, wo es laufend ähnliche Vorfälle mit noch viel ärgeren Folgen gegeben hat? Während der gesamten Menschheitsgeschichte – man kann bis 4000 vor Christus zurückgehen – war es niemals möglich, ein freundschaftliches Würfelspiel oder einen geselligen Kartenabend zusammenzustellen, an dem nicht irgendein Gauner versucht hätte falschzuspielen. Das war ja immer der Hauptvorwurf gegen das Glücksspiel, jenes sonst ganz sympathische Laster. Die Niedertracht der menschlichen Natur hat es ruiniert!

Der ehrliche Spieler konnte sich nie mit dem Falschspieler und Betrüger messen, der Würfel fälschte, Karten zinkte und mit Drogen, Alkohol und leichten Mädchen den ehrlichen Spieler um sein Geld brachte. Die Lage spitzte sich in Nevada schließlich so zu, daß sich 1909 die Frauenvereine in einen einzigen ungeheuren Teigroller zusammenrollten und Druck auf die Behörden ausübten, um das Glücksspiel zu verbieten. Ein Jahr später war es dann soweit. Um die Bürger vor dem Zorn ihrer Frauen zu schützen und die Morde rund um Falschspieler und betrügerische Bankhalter sowie die Zahl jener Ehemänner, die nicht heimkommen wollten, zu verringern, beschloß die Volksvertretung von Nevada ein Gesetz gegen das Glücksspiel. Es blieb knapp über zwanzig Jahre in Geltung.

In diesen zwanzig Jahren mußten die Bürger von Nevada ihren Lebensunterhalt durch den Anbau von Getreide auf sandigem Boden bestreiten. Sie jagten bei Reno nach Rotwild und rund um Las Vegas nach Hasen, wuschen das bißchen Gold aus den Bächen und züchteten Vieh. Sie benahmen sich brav und gesittet und spielten nicht oder jedenfalls nur illegal. Sie spekulierten nicht an der Börse, weil sie zuwenig Geld hatten, und außerdem war es nach New York zu weit. Einige der unverbesserlichen Spieler aus den alten Tagen beklagten dann ihr Schicksal, beim großen Börsenkrach von 1929 nicht ›ausgenommen‹ worden zu sein. Sie führten ins Treffen, sie seien ja schließlich noch bei jedem Spiel, das der Mensch ersonnen hat, ausgeplündert worden. Warum verwehrte man ihnen da jetzt die Teilnahme an dem faszinierendsten und schlauesten Schwindel-Glücksspiel aller Zeiten? Die große Depression der dreißiger Jahre brachte die Bürger von Nevada wieder zur Vernunft. Sie stimmten für die Legalisierung des Glücksspiels.

Wie ist es zu erklären, daß unsere Moralisten nicht über die Börse schimpfen? Ich habe gewürfelt, Blackjack, Keno und Roulette gespielt; beim Basketball, Football, Baseball und Boxen gesetzt. Beim Pferderennen beschleicht mich immer so ein versnobtes Gefühl: Soll ich mein Glück einem liebenswerten, treuen und noblen Tier anvertrauen, das von weit weniger noblen Menschen eingesetzt wird? Das Spekulieren an der Börse erinnert mich an eine Partie mit einem meiner Freunde, der ein gezinktes Kartenspiel besaß. Er versprach mir, beim Kasino-Poker (eine amerikanische Variante des Pokerspiels) die Zinken nicht abzulesen. Er schlug mich zehnmal hintereinander. Ich war sprachlos. Schon als Teenager hatte ich in dreitägigem ehrlichem Pokern den Süßwarenladen um die Ecke gewonnen. Nun ging ich, kaufte ein ungezinktes Kartenspiel und gewann tatsächlich mein Geld zurück. Mit der Börse ist es ganz das gleiche: Man vertraut sein Geld einigen Typen an, die der Börsenaufsichtskommission versprochen haben, die Zinken nicht abzulesen.

Einmal hatte ich einem dieser Börsenmakler aus der Wallstreet einen Dienst erwiesen. Er riet mir daraufhin, Aktien zu kaufen, ich würde garantiert an ihnen nichts verlieren. Unmittelbar darauf fiel ihr Kurs ins Bodenlose.

Mein Makler verkaufte jedoch die Aktien für denselben Betrag, den ich bezahlt hatte. Meine Frage lautet: Wem hat er sie verkauft und wie?

Viel Lärm ist um das Risiko gemacht worden, das man in den Spielhöllen eingeht, über den Ruin, den sie über ehrliche, hart arbeitende Menschen bringen, aber man spricht nicht genug von dem Risiko, das den Leuten in der normalen Geschäftswelt begegnet. Ich persönlich würde lieber in einem Fluß voll Krokodilen schwimmen, als mich an irgendeinem legalen, akzeptierten Geschäftsunternehmen zu beteiligen. Das ist meinerseits keineswegs ein unvernünftiges Vorurteil, sondern vielmehr begründet auf persönliche Erfahrung und auf die Beobachtung der Vorstöße anderer Leute in die Wildnis des demokratischen Kapitalismus.

Ich habe eine große Menge Geld durch das Spielen verloren. Ziemlich spät im Leben habe ich mich entschlossen, mich zu bessern, respektabel zu werden, intelligent, klug und verantwortungsbewußt zu sein. Außerdem besaß ich nun auch Geld und hatte plötzlich eine gewisse Vorsicht erworben, die sonst eben nur derjenige hat, der es besitzt, eben die Moral des Geldbesitzens. Mein größter Wunsch war nun, sowohl die Bundes- als auch die Staatssteuerbehörde zu überlisten.

Ein reicher Geschäftsmann und Freund bot mir die goldene Gelegenheit an, an einer seiner absolut sicheren und auf lange Frist geplanten Grundstückspekulationen teilzunehmen. Ich würde mir ein wahres Vermögen an Steuern ersparen, und meinen Kindern würde ich einen großartigen Besitz an Grund und Boden hinterlassen und einfach nichts verlieren können. Nun, er war ein naher Freund, und ich vertraute ihm. Aber ich war kein Greenhorn; ich engagierte einen erstklassigen Buchprüfer und einen erstklassigen Anwalt. Sie untersuchten die Geschichte und verhandelten über das Geschäft, und schließlich versicherten sie mir, daß es die Gelegenheit meines Lebens sei. Natürlich sei da ein gewisses Spielelement dabei, ein gewisses Risiko; jedenfalls sprang ich buchstäblich in die Sache hinein.

Nun, bei diesem absolut legitimen, narrensicheren und vernünftigen Unternehmen habe ich mehr Geld verloren als in meinem ganzen Leben durch närrisches Spielen. Und es war außerdem viel weniger Spaß dabei. Und ich hatte auch noch den Buchprüfer und den Anwalt zu bezahlen; und deren Dienste sind bei einem solchen narrensicheren Geschäft niemals billig.

Damit will ich nicht sagen, daß jedermann nun spielen sollte, statt in der Wirtschaft tätig zu sein, aber es könnte heißen, daß jedermann ordentlich seine Steuern zahlen und sich im übrigen den Teufel darum scheren sollte, obwohl das vielleicht ein wenig nach Kommunismus riecht. Einer Sache bin ich sicher, nämlich daß ich viel glücklicher war, wenn ich Geld beim Spielen verloren hatte als durch Investitionen. Es mag kindisch sein, ich weiß; ich hoffe, daß ich auch einmal erwachsen sein werde, aber bis dahin zum Teufel damit. Gebt mir ein Kartenspiel statt einer Steuerabschreibung, und ich werde das Risiko mit Freuden auf mich nehmen.

Es ist vielleicht ein Kommentar zu unserer Gesellschaft und unserem System moralischer Werte, daß tatsächlich das einzige Mal, da die schlauen Unternehmer der Las-Vegas-Kasinos übers Ohr gehauen worden sind, dies durch die Wallstreet geschah.

Ein Mann namens Alexander Guterma, ein aus Sibirien stammender Weißrusse, begann in Las Vegas um enorm hohe Einsätze zu spielen. Das mag ein Trick gewesen sein, um mit einigen Topmanagern der dortigen Hotels ins Geschäft zu kommen. Er überredete sie, in seine

Unternehmungen zu investieren; beinahe wäre es ihm gelungen, das Desert-Inn-Hotel durch Manipulationen mit einer fingierten Firma in seine Hände zu bekommen. Nur die Schlauheit und der Instinkt des mit allen Wassern gewaschenen Mitbesitzers Moe Dalitz retteten das Desert-Inn aus Gutermas fein gesponnenem Netz. Aber viele der Verantwortlichen im Desert-Inn verloren ihr persönliches Vermögen, und ein Geschäftsführer kam sogar vor Gericht. Schließlich wurde aber doch Guterma ins Gefängnis gesteckt.

Die Banken und Treuhandfonds im Osten sahen Investitionen in Las Vegas nicht gerne. Die Zeitungen griffen die Transportarbeitergewerkschaft an, weil sie das Geld ihres Pensionsfonds in Las Vegas investierte, doch gibt es keinerlei Beweis dafür, daß durch diese Investition ein Schaden entstanden wäre. Es könnte natürlich sein, daß Gewerkschaftsfunktionäre für diese Investition Provisionen bezogen haben. Aber wer sich im Bankwesen auskennt und den Mut hat, über die dortigen Praktiken offen zu sprechen, wird zugeben müssen, daß sehr viele Bankkredite dadurch zustande kommen, daß der zuständige Bankbeamte als Anreiz eine kleine Belohnung erhält.

Als in der allerletzten Zeit New York in seine Finanzkrise geriet, stellte die Lehrergewerkschaft unter der Führung von Albert Shanker der Stadt ihren Pensionsfonds als Darlehen zur Verfügung, um einen Bankrott New Yorks zu verhindern. Man brauchte sich nur das Zeitungsfoto von Mr. Shanker anzusehen, um feststellen zu können, daß dieser ›Kreditgeber‹ das dumme Opfer einer besonders vornehmen ›Ausplünderung‹ geworden war.

Pferderennen, heißt es allgemein, seien der Sport der Könige und dienten der Aufzucht. Für mich ist das Wetten bei Pferderennen die verkommenste Form des Glücksspiels. Nach Abzug der Steuern kann man mit einem ›Handikap‹ von 20 Prozent rechnen. Ich kenne niemanden, der Pferderennen für einen zur Gänze ehrlichen Sport hält. Von allen Sportarten, die mit Wetten verbunden sind, hat nur noch das Boxen einen schlechteren Ruf.

Der Trabrennsport ist ein so himmelschreiender Volksbetrug, daß Fälle bekannt wurden, in denen Zuschauer zu revoltieren begannen und die Jockeys lynchen wollten. Es ist wirklich komisch, daß Las Vegas sich so viele Angriffe durch Moralapostel gefallen lassen mußte, obwohl sich doch das Glücksspiel zur Pferdewette ungefähr so verhält wie Königin Viktoria zu Messalina. Moralische Attacken wirken immer komisch. Das New Yorker Finanzkapital, das größte und konkurrenzfreudigste auf der Welt, wagt es nicht, in die Spielbanken von Nevada zu investieren, während die Lotterie des Staates New York hingegen von Gouverneur Carey suspendiert wurde, weil Unregelmäßigkeiten entdeckt worden waren. Diese Unregelmäßigkeiten sind vermutlich viel ernster, als es nach den Presseberichten oder den Erklärungen der Beamten der für ihre Geradlinigkeit bekannten New Yorker Stadtverwaltung scheinen mag. In New York stehen zweihundert Jockeys unter Anklage, Rennen manipuliert zu haben. Dennoch können sie ihre Startbewilligungen auf dem Klagewege zurückfordern. In Nevada würde man sie auf Lebenszeit sperren.

Freilich brauchte Nevada auch seine Zeit, um das Spiel in den Griff zu bekommen. Als im Jahre 1930 die große Depression heraufzog, bestand Nevada aus nichts als Steppengewächs und erloschenen Bergwerken. Das einzige, was noch funktionierte, war das illegale Glücksspiel mit deutschen Musikkapellen in den Hotelhallen, Restaurants mit Würfeltischen und Hinterzimmern voll Blackjackspielern. Die Beamten der Aufsichtsbehörden wurden von den illegalen Bestechungsgeldern reich.

Im Jahre 1931 entschloß sich daher die Volksvertretung von Nevada, das Glücksspiel mit Ausnahme der Lotterien wieder zu legalisieren. Eine seltsame Entscheidung, da viele der übrigen Bundesstaaten (wie auch manche Länder, in denen dafür wieder andere Arten des Glücksspiels verboten waren) die Lotterien duldeten.

Ohne sich darüber im klaren zu sein, daß sie auf diese Weise den Lauf der Geschichte des Glücksspiels ändern und die bekannteste (ich sage nicht ›berühmteste‹) Stadt der siebziger Jahre kreieren würden, beschlossen die Volksvertreter die Gesetze so, daß sie auch für die Allgemeinheit einen entsprechenden Vorteil herausschlagen konnten. Dabei kam ihnen noch ausgesprochenes Glück zu Hilfe.

Im Jahre 1939 begann nämlich die Bundesregierung mit der Errichtung des Hoover-Staudamms, und Tausende von Arbeitern mit prallen Lohntüten strömten in die Gegend von Las Vegas. Da die Regierung das Glücksspiel direkt im Baustellengebiet verboten hatte, bot sich Las Vegas ganz von selbst als die nächstgelegene ›Großstadt‹ an.

Der Staat Nevada gestattete bestimmten Personen, Spielkasinos zu eröffnen. Die glücklichen Besitzer dieser Kasinos mußten aber dem örtlichen Sheriff und den Kreisbehörden Steuern bezahlen. Diese Gelder würden in die Kassen des Staates fließen, hieß es im Gesetz. 1947 erließ Nevada ein weiteres Gesetz. Die Errichtung eines Kasinos wurde von einer Genehmigung der staatlichen Steuerkommission abhängig gemacht, die aus sieben ausgesuchten, besonders ehrlichen Männern bestand. Nur Personen mit gutem Leumund erhielten eine Genehmigung – so meinte man zumindest. 1947 wurde außerdem eine einprozentige Steuer auf den Bruttoumsatz eingeführt. Dieser Steuer konnte man durch keine noch so schlauen Tricks entgehen. Der Staat wollte sein Geld haben. Die Kasinobesitzer konnten jene Steuerhinterziehungskunststücke nicht anwenden, die Großunternehmen wie General Motors oder geachteten Milliardären wie den Rockefellers offenstehen. So wurden die Kasinos und der Staat von Nevada Partner. In diesem ersten Jahr streifte Nevada hunderttausend Dollar ein, was bedeutet, daß die Kasinos zehn Millionen verdient hatten. Deshalb wurde noch im Jahre 1947 die Steuer auf 2 Prozent erhöht. Außerdem gab es auch eine Lizenzgebühr für jeden Spieltisch, den ein Kasino aufstellte. Alle Spieltische (Blackjack, Craps – das amerikanische Würfelspiel –, Roulette, Baccara, Poker und so weiter) wurden zusammengezählt. Die Einkünfte betrugen über 700 000 Dollar, woraus sich ergibt, daß die Kasinos über 35 Millionen eingenommen hatten. Die Wüste begann zu blühen.

Vor dem Krieg war Reno die Stadt des Glücksspiels in Nevada gewesen, obwohl sie wegen ihrer schnellen Scheidungsmöglichkeit noch weit bekannter war. Nach dem Zweiten Weltkrieg verlagerte sich der Hauptbetrieb nach Las Vegas. Dafür gibt es zwei Gründe. Erstens liegt Las Vegas näher bei Los Angeles, und zweitens entdeckte ein Mann namens Bugsy Siegel die Stadt.

Die Geschichte von Bugsy Siegel ist bekannt. Ein großer Gangster und Gewaltverbrecher aus Brooklyn, der dem elektrischen Stuhl nur um Haaresbreite entgangen war und sich dann entschlossen hatte, in den Westen zu gehen. Auf der Fahrt durch die Wüste hielt er im staubigen Las Vegas an, sah den kläglichen Bar- und Kasinobetrieb und hatte eine Vision. Er würde ein Spielerparadies errichten, und Millionen würden in dieses ›gelobte Land‹ pilgern. Er sah sich bereits als zweiter Moses. (Tatsächlich nannte man ihn gelegentlich, wenn auch nur hinter seinem Rücken, den Mördermoses.)

Aber die Wahrheit sieht ganz anders aus. Ursprünglich ging Siegel nach Westen, um Schauspieler zu werden. Von seinem Freund, dem Star George Raft, borgte er Geld und benützte ihn, um Zugang zur Welt des Films zu bekommen. Wie viele Unterwelttypen verfügte Siegel über einen gewissen Charme und unverschämtes Selbstvertrauen. Er besaß ein hübsches, offenes Gesicht, aber keinerlei Talent. Er konnte nicht einmal einen Gangster spielen. Hingegen verdiente er sich einige hübsche Sümmchen auf die krumme Tour und kam auch sexuell bei Filmstars auf seine Rechnung. Die meisten Leute in Hollywood kapierten nicht, woher er kam, so sonderbar das auch Leuten erscheinen mag, die die Insularität der Filmwelt nicht begreifen. Die wenigen, die Bescheid wußten, wurden von Siegels Ruf eher angezogen als abgestoßen: Jean Harlow war die Taufpatin seiner Töchter.

In Kalifornien arbeitete Siegel für das Gangstersyndikat der Ostküste, das sich bemühte, das Pferdewettgeschäft auch an der Westküste in die Hand zu bekommen. Und er hatte Erfolg damit, denn einige Gangsterbosse im Westen verstarben sehr plötzlich. Seine Aufträge führten Siegel oft nach Las Vegas. Schon während des Zweiten Weltkriegs besaß Las Vegas einige Luxushotels, deren Geschäfte gut gingen. Siegel hatte Las Vegas genau studiert und eine geraume Zeit geplant, bevor er seine ›Entdeckung‹ auf sensationelle Weise bekanntgab.

Die Geschichte der Errichtung des Flamingo-Hotels durch Bugsy Siegel ist schon so oft erzählt worden, daß eine kurze Zusammenfassung genügt. Siegel bot alle seine Beziehungen zur Unterwelt und zum Film auf, um Geld und Materialien für das schickste und eleganteste Hotel in ganz Amerika zu bekommen. Er wollte ein legendäres Hotel bauen. Man schrieb das Jahr 1945, und in den Monaten nach dem Krieg war Baumaterial einfach nicht zu bekommen. Siegel ging auf den schwarzen Markt. Er zweigte Material von den Filmstudiokontingenten ab. Senator Pat MacGarran half.

Siegel glich einem Bauern, der sein Haus für Generationen errichten will. Die Grundmauern wurden besonders stark aufgebaut; wahrscheinlich ist das Flamingo das massivste Hotel, das je in der Wüste errichtet worden ist. Siegel legte Wert auf schnelles Bauen. Del Webb, der Bauunternehmer, sagte o. k., wollte aber sein Geld am Ende eines jeden Arbeitstages sehen. Siegel gab es ihm. Siegel organisierte auch die Lieferung des schwer erhältlichen Materials. Aber trotz seines furchterregenden Rufes wurde er von allen bestohlen. Die Lastwagenfahrer, die am Morgen Baumaterial brachten, kehrten im Schutze der Dunkelheit zurück, um es wieder zu holen und am nächsten Morgen erneut zu liefern. Einer der Fahrer erklärte, daß sie dies überhaupt nicht in gewinnsüchtiger Absicht machten. Vielmehr sei das Baumaterial so schwer zu bekommen, und sie fürchteten sich davor, Siegel sagen zu müssen, sie könnten nicht liefern. Sie hatten einfach Angst, er würde sie für die geringste Verzögerung umlegen. Deshalb stahlen sie am Abend, was sie am Morgen lieferten, um seinem Zorn zu entgehen, und verdienten dabei rein zufällig ein paar Dollars.

Siegel verpflichtete den damals besten Innenarchitekten des Westens. Dieser Herr bestaunte die großen Zementvorräte, die Siegel trotz der von der Regierung verhängten harten Nachkriegsbeschränkungen auftreiben hatte können. »Stimmt«, sagte Siegel, »ich brauch' einen ziemlichen Haufen. Sollte mir aber deine Ausstattung irgendwie nicht gefallen, dann werde ich etwas davon für dich aufheben.« Der Innenarchitekt wollte sich darauf sofort aus dem Staub machen, aber Siegel überzeugte ihn, daß er mit seiner Drohung nur gescherzt habe.

Siegel baute also, wie gesagt, das Flamingo-Hotel wie ein Bauer, der seinen Hof für viele Generationen von Nachkommen errichtet. Die sogenannten Gangster und Berufsspieler, wie Moe Dalitz und Major Riddle, machten es ihm nach, andere folgten. Beachten Sie bitte den Ausdruck ›sogenannte‹: Ich würde es natürlich nicht wagen, derartige Bezeichnungen tatsächlich zu verwenden – genausowenig wie ich Präsident Ford einen Gauner nennen würde, weil er Nixon begnadigt hat, einen Bankier einen Dieb, weil er mit seiner Bank bankrott gemacht hat, oder ein Unternehmen, das Personalkredite gibt, ein Wucherunternehmen.

Siegel und sein Flamingo-Hotel erwiesen sich als keine glückliche Kombination. Das Kasino im Flamingo verlor große Summen an die Spieler. Siegels heimliche Partner waren in hohem Grad paranoid. Und außerdem brutal. 1946 fuhr Siegel in sein Haus nach Beverly Hills, um dort mit einigen Freunden und Freundinnen aus Hollywood ein paar erholsame Tage zu verbringen. Im Schutz der Dunkelheit legte ein unbekannter Schütze seinen Karabiner an und zerschoß das Fenster. Der zweite Schuß zerfetzte Siegels Kopf.

Von da an wurde das Flamingo zu einer Goldgrube. In Las Vegas kursierte der Witz, daß Siegel nicht getötet worden war, weil er unterschlagen, sondern weil er Pech gehabt hatte. Auf jeden Fall war am Flamingo der Beweis erbracht, daß ein Spielerparadies in der Wüste Geld machen konnte.

Der Mord an Siegel versetzte Las Vegas in hellen Aufruhr. Aus Washington hörte man, daß der Kongreß die Spielkasinos durch ein Bundesgesetz nach Art der Prohibition verbieten wolle. Die Bürger waren verstimmt. Die Volksvertretung von Nevada beeilte sich, im eigenen Haus aufzuräumen, ehe dies jemand anderer für sie tat.

Erinnern wir uns daran, daß viele der Kasinobesitzer, bevor sie Las Vegas aufbauten, mit ihrer Umwelt gebrochen hatten, da sie doch gegen die Glücksspielgesetze und wahrscheinlich gegen noch ein paar andere verstoßen hatten. Als Eigentümer illegaler Spielsalons galten sie auch in ihren eigenen Kreisen als Outsider. Las Vegas aber hatte ihnen eine legale Existenz geboten. Sie galten wieder als geachtete Mitglieder der Gesellschaft und konnten sich neu in die Gemeinschaft eingliedern. Nein, es ist kein Zufall, daß sie ihre Familien nach Las Vegas mitbrachten, sich einlebten und bald angesehene Bürger wurden. Zum erstenmal in ihrem Leben lebten sie in Frieden mit der Gesellschaft, wie dies jeder erstrebt, ja erstreben muß, wenn er das will, was man ein normales Leben nennt. Unter dem Einfluß dieser Männer entwickelte sich Las Vegas zu einer geordneten, dem Gesetz unterstellten Gemeinschaft, unabhängig vom Einfluß der verkommenen Spieler aus der ganzen Welt. Es entstanden Schulen und Kirchen, Universitäten wuchsen, der Fremdenverkehr nahm einen ungeahnten Aufschwung.

Freilich stimmt es, daß die Kirchen eine Art Abzahlung für Erpressungen waren. Die Religionsgemeinschaften hatten anfangs das Glücksspiel vehement angegriffen. Die führenden Kasinobesitzer in Las Vegas begannen sich Sorgen zu machen, konnten doch die Bürger von Nevada praktisch bei jeder Wahl dem Glücksspiel ein Ende setzen. Die Kasinobosse lösten das Problem mit dem Gesetz auf die gleiche Weise wie in anderen Staaten, in denen das Spiel gesetzwidrig war: Sie kauften sich die Opposition, oder sie verführten sie. In Las Vegas ließen sie große Beträge für die Unterstützung der verschiedenen Religionsgemeinschaften springen. Sie erbauten Kirchen für alle Konfessionen: Baptisten, Katholiken, Mormonen, Schintoisten – wer immer kam. Sie füllten die Kassen der

Wohlfahrtseinrichtungen bis zum Überlaufen. Sie sorgten für Sauberkeit, bis Las Vegas einem Schmuckkästchen glich. Spezialisten für nächtliche Raubüberfälle und Gewalttätigkeiten wurden unsanft über die Grenze befördert, den Prostituierten wurde der Strich nur dort erlaubt, wo er der Öffentlichkeit möglichst verborgen blieb. Es gelang sogar, in der Unterwelt soweit Ordnung zu schaffen, daß sich die Gangster nicht gegenseitig ausrotteten. (Des ewigen Mordens aus Eifersucht kann freilich niemand Herr werden.)

Beim Glücksspiel gab es in Las Vegas in der Regel keine Betrügereien. Wer alles verloren hatte, wurde sanft behandelt und, mit einer Flug- oder Buskarte und etwas Geld für Proviant versehen, nach Hause geschickt. Die Gäste wurden, soweit dies möglich war, vor Verbrechern und geldgierigen, diebischen Prostituierten beschützt, durch Maßnahmen, die über die gesetzlich erlaubten sogar hinausgingen. Es kam selten zu Erpressungen – entgegen den Behauptungen, die das berühmte Buch *The Green Felt Jungle* (›Der grüne Filzdschungel‹) aufstellte. Ich muß bekennen, daß ich dieses faszinierende Buch, bevor ich nach Las Vegas kam, mit größtem Interesse gelesen hatte. Es enthält eine Kriegserklärung an das Glücksspiel und an Las Vegas, aber anstatt mich abzustoßen, verstärkte es meinen Entschluß, dorthin zu fahren. Ich glaube, das gilt für die meisten Leser. Aber obwohl ich keinen Grund habe, an der Wahrhaftigkeit dieses Buches zu zweifeln (seine Autoren haben einen weit größeren Einblick als ich), darf ich doch sagen, daß ich innerhalb von fünfzehn Jahren in Las Vegas keinen einzigen Fall von Betrug oder Erpressung erlebt habe.

Heute ist die Stadt Las Vegas im Staate Nevada der berühmteste, beliebteste, luxuriöseste und ehrlichste Ort des Glücksspiels, den es auf der Welt je gegeben hat. Eine derartige Behauptung ist leicht aufzustellen, wie aber ist sie zu beweisen? Und wie entgeht man dem Vorwurf der Schmeichelei? Bekomme ich etwa Geld von der Stadtverwaltung? Ich empfinde das beileibe als keine beleidigende Frage. Die Geschichte des Glücksspiels ist voll von Täuschung und Unehrlichkeit. Die komplexe Sozialstruktur des Glücksspiels strotzt von Bestechung auf allen Ebenen. Obwohl ich also über eine solche Frage beleidigt sein könnte, schwöre ich hiermit, daß ich nicht bestochen worden bin. Ich erkläre vielmehr feierlich und in aller Form, daß ich den Kasinos ein Vermögen in Schuldscheinen schulde, von dem sie jeden Cent auf faire und ehrliche Weise gewonnen haben. Ich versichere weiter, daß ich in Las Vegas keinerlei Schuldscheine mehr unterschreiben kann, da ich nicht mehr kreditwürdig genug bin. In der Tat stehe ich bei denen tief in der Kreide. Aber an dem Tag, an dem sie mir den Kredit sperrten und mich zwangen, Jetons in bar zu kaufen und meine Rechnungen bar zu bezahlen, gab ich endlich die Leidenschaft zu spielen auf. Deshalb schulde ich ihnen Dank. Diese Dankesschuld will ich dadurch begleichen, daß ich nachweise, daß es bei ihrem Spiel ehrlich zugeht.

Psychologisch gesehen ist Las Vegas der gefährlichste Ort für das Spiel. Die Kasinos halten 24 Stunden am Tag offen. Sie verfügen über die raffinierteste Methode der Kreditgewährung. In den Kasinos sind Getränke, Speisen, die Shows mit den beliebtesten Stars der Welt und die hübschesten Mädchen gratis. Der ›Strip‹, die Hauptstraße, an der die Superhotels liegen, hat mehr Neonlicht, als es sich der berühmte Broadway je träumen hätte lassen. Wer sich Jetons für ein paar tausend Dollar kauft, wird mit jener Zuvorkommenheit behandelt, die man in Frankreich oder England dem hohen Adel entgegenbringt. Und wer möchte nicht für einen Tag ein Fürst sein?

In den Kasinos von Las Vegas herrscht eine seltsam diffuse, fast märchenhafte Stimmung. Luftzug und Tageslicht werden abgeschirmt, um die Spieler nicht abzulenken. Das Zeitgefühl wird ausgeschaltet, nirgends sieht man eine Uhr. Der Besucher wird zu einem Dornröschen, das darauf wartet, von einem Glücksprinzen wachgeküßt zu werden. Dem Besucher scheint es gar nicht so schlimm, daß ihm während seines Traums die Taschen geleert werden. Er bezahlt gern dafür. Vielleicht kommt es ihm sogar wie eine besonders gute Geldanlage vor. Und erst das Gefühl, gewonnen zu haben!

Abends ist Las Vegas vulgär atemberaubend. Da liegt es mitten in der Wüste, erleuchtet von Millionen, buchstäblich Millionen Dollars aus Neonlicht, auf allen Seiten fast nahtlos von einer Kette schwarzblauer Berge umgeben, die den Zauber des Ganzen noch verstärkt. Nach einem kostenlosen guten Abendessen (inklusive Kognak) beginnt der Bummel entlang dem Strip. Mit geradezu kindlicher Freude atmet man die frische Wüstenluft ein und starrt mit weit geöffneten Augen auf die vier Stockwerke hohen Lichtreklamen, die in goldenen und roten Flammenzeichen Namen wie Frank Sinatra, Buddy Hakkett, Don Rickles, Ann Margret und Shirley MacLaine aufleuchten lassen. Doch Vorsicht, nach drei Tagen hat alles seinen Zauber verloren.

Die Auswahl an Kasinos ist groß: die goldenen und weißen Togen in Caesar's Palace, das modische, blauschimmernde Tropicana, der dunkelrote Plüsch des MGM, das Hilton mit seinen Kristallüstern. Näher dem Zentrum gibt es das Glitter Gulch, die Four Queens mit ihren strumpfbandgeschmückten Western-Girls, das Golden Nugget, Binion's Horseshoe und The Mint. Der Besucher betritt sie mit leiser Hoffnung und wilder Begierde. Hier ist nicht nur alles gratis, nein, hier kannst du *deren* Geld gewinnen. Wer könnte sich etwas anderes wünschen? Besucher aus aller Welt bringen ihre Träume mit. Immer noch ist Las Vegas billig, wenn auch nicht mehr so billig wie früher.

Noch 1947 bezahlte man lumpige dreieinhalb Dollar für die Achtuhrshow. Inbegriffen waren ein erstklassiges Dinner im plüschroten Saal, ein Spitzenstar wie Frank Sinatra und das Nebenprogramm. Die Mitternachtsshow (ein Schlagerstar, ein leicht frivoler Komiker oder ein bekanntes Orchester) konnte man für eine Konsumation im Wert von 65 Cents miterleben. Und das in den besten Hotels am Strip!

Im Jahre 1976 wurde in einer Anzeige in den ›Los Angeles Times‹ ein Tagesarrangement – Zimmer mit Mahlzeiten – für 9,95 Dollar angeboten (Schinken mit Ei, soviel man wollte, Fernsehen, Ortsgespräche, Kaffee und kleine Imbisse). Aber das gibt es nicht in den Erste-Klasse-Hotels. Am Strip gibt es keine solchen billigen Arrangements mehr. Aber die Preise für Abendessen und Unterhaltung sind noch immer vernünftig, und wer wirklich hohe Summen setzt, wird bestimmt als Gast des Hauses vom Kasino eingeladen werden.

Über Las Vegas gibt es zahlreiche Statistiken und Umfragen. Ich mißtraue solchen Dingen zwar, doch habe ich aus persönlicher Beobachtung den Eindruck, daß die Angaben über Las Vegas zum größten Teil schon der Wahrheit entsprechen. (Vergessen Sie nicht: Alles, was mit dem Glücksspiel zu tun hat, ist von vornherein suspekt. Aber gilt das gleiche nicht auch für die Politik, für die Börse und sogar für das Bankgeschäft?)

Jedenfalls sagen 96 Prozent der Besucher, Las Vegas habe ihnen gefallen. Diese Ziffer ist deshalb so interessant, weil feststeht, daß 90 Prozent Vegas als Verlierer verlassen. Keine Angst, Las Vegas hat nur loyale Kunden. 30 Prozent der Befragten gaben an, Las Vegas zweimal oder öfter im Jahr zu besuchen. (Ich frage mich, wie die sich das leisten können.) Die durchschnittliche Aufenthaltsdauer beträgt vier Tage. Das ist sicherlich richtig, denn kein Spieler kann es sich erlauben, länger als vier Tage in Las Vegas zu bleiben. Ich liebe Las Vegas, aber nach drei Tagen halte ich es seelisch nicht mehr aus und finanziell nicht mehr durch.

Es liegt auf der Hand: Je länger man bleibt, desto geringer ist die Chance, daß man gewinnt. Der Hausvorteil des Kasinos arbeitet Minute für Minute gegen den Besucher. Es gibt keinen Strand, keine interessanten Bauten und schon gar keinen alten Stadtteil, den man besichtigen könnte. Einkaufsmöglichkeiten bestehen praktisch nur in den Geschenkläden der Hotels, deren Handelsspannen aber kriminell sind. Also bleibt nur das Spiel; ihm kann man nicht entrinnen.

Sie haben die größten Chancen, in Las Vegas zu gewinnen, wenn Sie nur für einen einzigen Abend hinfliegen. Sie nehmen die 17-Uhr-Maschine von Los Angeles und fliegen um Mitternacht wieder zurück. Wenn es sein muß, auch nach Hongkong, aber nur weg. Einmal gewann ich in Las Vegas sehr hoch. Ich beeilte mich, zum Flugplatz zu kommen. Da brach in meiner Maschine vor dem Start ein Brand aus. Anstatt sofort das Weite zu suchen, blieb ich Narr in Las Vegas, bis eine andere Maschine nach New York flog. Mit dem Erfolg, daß ich wieder ohne Geld aus Las Vegas heimkam. Ich kann es bis jetzt nicht glauben, aber es war wirklich ein Brand im Flugzeug.

Freitag und Samstag sind natürlich die Tage, an denen am meisten los ist. Am Dienstag ist es am ruhigsten, da die Leute ja schließlich auch arbeiten gehen müssen, um das Geld zu verdienen, das sie beim Spiel dann verlieren.

Warum kommen die Leute eigentlich? Auf der Suche nach Abwechslung, um dem grauen Alltag zu entrinnen, um die Shows und Unterhaltungsprogramme zu genießen. In der Umfrage erwähnte niemand, daß er nach Las Vegas gekommen sei, um dort zu gewinnen. Das spricht eigentlich für die Richtigkeit der Umfrage. 56 Prozent der Leute wohnen in Hotels und 34 Prozent in Motels. Die restlichen 10 Prozent haben die Stadt vermutlich mit dem gewonnenen Geld fluchtartig verlassen, bevor es Zeit wurde, schlafen zu gehen.

Die Besucher geben im Durchschnitt 67 Dollar aus – Spieleinsätze nicht gerechnet. (Wer mit dem Flugzeug kommt, gibt im Durchschnitt 75 Dollar aus, wer im Bus anreist, 35 Dollar.) 55 Prozent führen an, es sei nicht günstig, nach Las Vegas seine Kinder mitzubringen. Ein Kasino namens Circus Circus wollte diesem Vorurteil entgegentreten. Es errichtete Kinderspielplätze und Räume nach der Art von Disneyland und Coney Island, in denen die Kinder herumtollen können. Während man im Kasino spielt, zeigen Akrobaten über den Köpfen der Besucher ihre Zirkuskunststücke. Mich persönlich macht es etwas nervös, wenn ich mich in ein Blatt Blackjack vertiefen möchte und über meinen Kopf segelt irgendein Artist im gestreiften Trikot, dessen ›Risiko‹ darin besteht, das Netz zu verfehlen. Aber den Kindern auf den Galerien rund um das Circus Circus scheint es gut zu gefallen.

Überraschenderweise sind 26 Prozent der Besucher von Las Vegas Collegeabsolventen; 29 Prozent haben ein Haushaltseinkommen von mehr als fünfundzwanzigtausend Dollar im Jahr. 20 Prozent der Besucher sind Selbständige und spielen mit Geld, das sie als Gewinne von ihren Unternehmen abgeschöpft haben, nicht viel anders, als das in Las Vegas geschieht. Aber im Grunde sind die

Gewinne in Las Vegas auch nicht mehr das, was sie früher einmal waren.

Überrascht hat mich auch die Feststellung, daß die Besucher bei einem Durchschnittsaufenthalt von vier Tagen im Schnitt nur eineinhalb Unterhaltungsprogramme besuchen. Wie wir schon weiter oben sagten, treten Weltstars auf, die Eintrittsgebühr ist relativ niedrig, und sehr oft wird man vom Kasino eingeladen, wenn der Eintritt nicht schon von vornherein frei ist.

Im Jahre 1975 zählte man über neun Millionen Besucher. Eine wirklich erstaunliche Zahl, wenn man bedenkt, daß es in Las Vegas doch kaum etwas zu tun gibt. Die Besucher teilten sich folgendermaßen auf: Aus dem Osten der USA: 13 Prozent, aus dem Mittelwesten: 19 Prozent, aus den Südstaaten: 12 Prozent, von der Westküste: 50 Prozent. (Darauf hatte Siegel spekuliert. Er wußte, daß die Leute aus Los Angeles nach Las Vegas nur so strömen würden.) Aus dem Ausland: 6 Prozent. (Diese Ziffer täuscht, da die Besucher aus dem Ausland viele Gelder von ›schwarzen Märkten‹ hereinbringen und fanatische Spieler sind.)

13 Prozent der Besucher kommen im Rahmen von Gesellschaftsreisen oder zu Kongressen. Das Kongreßbüro registrierte einmal sogar eine religiöse Reisegruppe puritanischer Baptisten. Ein Hotelbesitzer konnte dieser Gruppe nicht so recht froh werden: »Sie kamen mit den Zehn Geboten in der einen und einer 20-Dollar-Note in der anderen Hand an. Als sie wieder gingen, war beides unversehrt.« Im Jahre 1974 fanden insgesamt 339 Kongreßveranstaltungen in Las Vegas statt. Bei manchen fragt man sich wirklich, was die in Las Vegas zu suchen hatten:

Amerikanisches Kolleg der Nuklearmediziner. (Ärzte sind für ihre Spielleidenschaft bekannt. Die Kasinopsychologen sagen, das käme daher, weil die Ärzte das ganze Jahr über soviel menschliches Leid sehen und ihre Sorgen einmal vergessen wollen. Andere wieder behaupten, die Ärzte wollen sich durch das Spiel erniedrigen, da sie in ihrem Beruf ständig gezwungen seien, den lieben Gott zu spielen. Und in Las Vegas beweist Gott ihnen ihre Sterblichkeit.)

Vereinigung der Küchenchefs. (Wie bringen die nur das Essen hinunter?)

Verein anonymer Alkoholiker, Sektion Westküste. (Das Spiel ist ein fabelhafter Ersatz für das Trinken.) Es gibt auch einen Verein anonymer Spieler. Wenn es einen Spieler packt, ruft er einen anderen an, er möge doch rüberkommen auf eine Runde Gin-Rummy (ein harmloses Rummy-Spiel) um Streichhölzer. (Ein Witz.)

Verband der Überlebenden von Pearls Harbor.

Gesellschaft für sexologische Studien.

Verband der linkshändigen Golfspieler Südkaliforniens.

›Gestutzte Flügel‹ – Verein ehemaliger Stewardessen der United Airlines.

Vierter Internationaler Akupunkturkongreß.

Trauma-Seminar der amerikanischen Chirurgenvereinigung.

All diesen Besuchern stehen insgesamt 21 000 Hotelzimmer und 14 000 Motelzimmer zur Verfügung. Die Auslastung dieser Räumlichkeiten liegt 15 bis 25 Prozent über dem amerikanischen Durchschnitt, doch ist diese Statistik insofern irreführend, als ja viele Hotelzimmer den Spielern gratis überlassen werden.

Das Passagieraufkommen des Flughafens beträgt eine halbe Million im Monat. Die astronomischen Zahlen dieser Statistik kommen mir immer dann in den Sinn, wenn ich, um nach Las Vegas zu kommen, über schier endloses Wüstengebiet fliege, bis ich schließlich im Herzen dieser

Wüste lande. Und dort liegt sie, eine einsame Neonstadt, zwischen Steppengebüsch und Gebirge, wo sich Kaninchen und Präriehunde gute Nacht sagen. Was, zum Teufel, hat diese Stadt dort zu suchen, und was ist überhaupt ihr Sinn?

II

Eine kurze Geschichte des Glücksspiels

In unserem Zeitalter der Atombombe, der sexuellen Freizügigkeit und der Selbstverständlichkeit des Rauschgiftkonsums fällt es einem schwer, den Abscheu zu verstehen, den so viele soziale Organisationen, religiöse Sekten und sonstige (Vor)urteilende vor dem Spiel empfinden. Aber eine Geschichte des Glücksspiels rechtfertigt den Abscheu dieser Leute.

Das erste und wichtigste Würfelspiel ist uns aus der griechischen Mythologie überliefert. Zeus, Poseidon und Hades würfelten um die Aufteilung des Weltalls.

Poseidon gewann die Ozeane.

Hades gewann die Unterwelt.

Zeus gewann die Erde und den Himmel und geriet prompt in den Verdacht, falsche Würfel verwendet zu haben.

Das zweitgrößte Glücksspiel aller Zeiten fand der Sage nach zwischen dem Gott Merkur und der Göttin Luna statt. Merkur gewann beim Brettspiel (ich weiß leider nicht, bei welchem) von Luna den siebzigsten Teil ihrer Lichtzeit, was insgesamt fünf Tage ausmachte. Deshalb hat das Erdenjahr 365 Tage und nicht bloß 360. Ich möchte hier nur nebenbei bemerken, daß ein Mann etwas von einer Frau gewonnen hat, daß kein Geld den Besitzer gewechselt hat und daß nicht überliefert ist, was Merkur verloren hätte, wenn andernfalls Luna gewonnen hätte. Mir ist auch schleierhaft, warum Merkur überhaupt daran interessiert war, unsere Erdentage zu verlängern; so schön ist es hier ja auch wieder nicht. Wie dem auch sei, es handelt sich hier um eine typische Spielergeschichte.

Vor vielen, vielen Jahrhunderten lebten die Menschen in

einer Welt, die nur wenige der Zerstreuungen hatte, wie wir sie heute kennen. Es gab kein Kino, kein Fernsehen, keine Massensportveranstaltungen. Wenige Menschen konnten lesen. Die Musik nahm nur einen bescheidenen Raum ein. Was es gab, waren Schnaps, Bordelle und große Festtage, an denen Gladiatoren in der Arena starben oder Geistliche bei feierlichen Hochämtern predigten, jedermann werde in der Hölle schmoren. Das Glücksspiel war das einzige wirkliche Vergnügen, dem man sich überall und jederzeit hingeben konnte. Seine Auswirkungen waren weit ärger als heute die des Heroins – und süchtiger als dieses machte es obendrein.

Menschen auf der ganzen Welt spielten um jeden nur möglichen Einsatz. In Italien verpfändeten singende Gondolieri für gewisse Jahre ihre Freiheit, um auf diese Weise Spielschulden zu begleichen. Die Indianer in der Neuen Welt schnitten sich Finger ab, um eine Wette zu bezahlen. Sie kannten auch eine sehr primitive Form des Roulettes: Sie wirbelten ein Stück Holz im Kreis, und derjenige, bei dem es zu liegen kam, war der Sieger. In England wurde ein Arbeiter festgenommen, weil er einen Mann hängen wollte. Der beinahe Erhängte verteidigte seinen Henker – schließlich hatten beide um das Recht gewettet, den anderen hängen zu dürfen, und er hatte eben die Wette verloren. Um irgend etwas mußten sie ja spielen, und das einzige, das sie hatten, war ihr Leben.

Die wilden germanischen Krieger, die das Römische Reich zerstörten, verspielten beim Würfeln ihre Freiheit und wurden so zu Sklaven derer, die im Spiel gewonnen hatten. Die Arbeiter in den Reisfeldern Chinas setzten ihre Ohren ein, und die Gewinner schnitten sie mit einer höflichen Verbeugung ab. Zu allen Zeiten galten Spielschulden als Ehrenschulden und mußten eingelöst werden.

Noch im 11. Jahrhundert waren die Kleriker und Bischöfe keineswegs Feinde des Würfelspiels. Im Gegenteil. Was die Kirche gegen das Glücksspiel aufbrachte, waren erst die Kreuzzüge. All diese Technicolorfilme über die Kreuzzüge verheimlichen den wahren Grund, warum das Heer von Richard Löwenherz gegen Saladin verlor: Die europäischen Soldaten waren so emsig mit dem Spiel beschäftigt, daß sie keine Zeit zum Kämpfen hatten. Den Türken hingegen verbot ihre Religion zu spielen. Das nennt man einen ›Hausvorteil‹ oder *edge*! Die Lage wurde schließlich so schlecht, daß die Oberbefehlshaber der Kreuzritter, Richard Löwenherz und König Philipp von Frankreich, allen Soldaten unter dem Range eines ›Ritters‹ das Glücksspiel untersagten. (Ich erinnere mich an eine ähnliche Bestimmung in der amerikanischen Armee während des Zweiten Weltkriegs. Von George Washington haben wir schon Ähnliches gehört.) Während der Kreuzzüge waren die Sitten allerdings etwas rauher. Wer beim Spiel ertappt wurde, wurde drei Tage lang nackt durch das Heer gepeitscht. Die zwei Könige selbst spielten wie verrückt. Um hohe Einsätze. Den Rittern allerdings war es verboten, mehr als zwanzig Schilling zu verlieren.

In Paris war eine Zeitlang ein Spiel namens Hoca beliebt, das einfachen Arbeitern bei Todesstrafe untersagt war. Das muß ein tolles Spiel gewesen sein!

Im England des 17. und 18. Jahrhunderts verloren viele junge Aristokraten ihr gesamtes Vermögen und gingen in die Kolonien, um sich neue Reichtümer zu erwerben. Die Armen hingegen verspielten ihre Kleider und verkrochen sich nackt in die hintersten Winkel der Spielhöllen.

Der britische General Braddock stammte aus einer unglücklichen Familie. Er mußte sich nicht nur mit seiner Armee den Amerikanern ergeben, sondern auch erleben, daß sich seine Schwester erhängte, weil sie mit dreiundzwanzig Jahren ihre gesamte Erbschaft beim Spiel verloren hatte.

Die Engländer waren überhaupt verrückte Spieler. In einer Nacht verloren sie Summen, die nach heutiger Kaufkraft etwa einer Million Dollar entsprechen. Berühmte Staatsmänner wie Fox und Disraeli waren leidenschaftlich dem Glücksspiel verfallen. Der Umlauf großer Summen von Hand zu Hand wurde durch professionelle Falschspieler begünstigt. Wer seine Spielschulden nicht bezahlen konnte, wurde von ihnen zum Duell gefordert. So einfach war das damals.

Kaiser und Könige waren schlechte Verlierer und lästige Gewinner. Und Betrüger obendrein. Kaiser Caligula verlor beim Würfelspiel sein gesamtes bares Staatsvermögen, stürzte auf die Straße, ließ zwei Adelige festnehmen, beschuldigte sie des Hochverrats, konfiszierte ihr Vermögen und eilte zurück an den Spieltisch. Kaiser Claudius ließ seine Staatskarossen so bauen, daß sie das Würfelspiel während der Fahrt erlaubten. Er gab seinen Kutschern die Anweisung, auf ein bestimmtes Zeichen hin in Galopp zu fallen, um einen schlechten Wurf zu kaschieren. Nicht einmal die Gebildeten waren vor dem Spiel gefeit. Aristoteles schrieb eine gelehrte Abhandlung über die Kunst des falschen Würfelspiels.

König Heinrich VIII. von England war nicht nur brutal im Umgang mit Frauen, sondern auch ein verwegener Spieler. Er verlor die berühmten ›Glocken Jesu‹, die größten Glocken Englands, die im Turm von St. Paul hingen. Der Gewinner, ein Mann namens Sir Miles Partridge, beging den Fehler, seinen Gewinn abzuholen. Dieselben Glocken klangen in seinen Ohren, als er einige Jahre später wegen eines ›kriminellen‹ Vergehens gehenkt wurde.

Nero spielte keineswegs Violine, als Rom brannte. Er

würfelte und war am Verlieren. Viele der römischen Kaiser waren besessene Würfelspieler. Die französischen Könige waren genauso arg, wenn auch auf etwas feinere Art, da mittlerweile das Kartenspiel entdeckt worden war. So verloren sie eben mit Karten. Sie erfanden auch den Schuldschein. (Die Römer hatten immer nur um Bargeld gespielt, weswegen die italienischen Spieler bis auf den heutigen Tag dem Spiel um Schuldscheine oder Schecks nicht recht trauen.)

Heinrich IV. von Frankreich, der als einer der größten französischen Könige gilt, war ein besessener Spieler und – ein Betrüger. Er beschäftigte einen Berufsspieler, um seine Adeligen zu betrügen. Nicht weil er auf ihr Geld aus war, sondern um sie arm zu machen und so ihre politische Macht zu schwächen. Heute würde man so etwas wahrscheinlich eine Art von ›Entspannung‹ nennen. Sie half Heinrich, seinen Ruf als großer König zu begründen. Und wieder war es zu dieser Zeit nur den Reichen erlaubt, sich zu ruinieren, während den Armen das Glücksspiel verboten war. Schließlich mußte doch jemand die Arbeit im Lande erledigen!

Als das Heer Karls V. Orange belagerte, verspielte sein Feldherr den Sold seiner Soldaten und mußte sich darauf der Stadt, die er belagerte, ergeben. Kurz danach wurde der französischen Reiterei das Glücksspiel unter Todesstrafe verboten.

Der ruhmreiche Ludwig XIV. betrog beim Spiel. Unter Ludwig XV. wurde das Glücksspiel in Frankreich zu einer regelrechten Seuche, die wild um sich griff. Jeder spielte falsch. Gefälschte Würfel wurden übrigens schon in Pompei verwendet. In alten englischen Klöstern entdeckte man gezinkte Karten.

Irgendwann einmal begann man, den Aufenthalt in Kurorten mit dem Glücksspiel abzukürzen. Um 1700 grassierte das riskante Spielen besonders unter den Frauen Frankreichs und Englands. Ein englischer Dichter schrieb dazu: ›Sie wird ihre Unschuld einsetzen, um ihre Ehre zu bewahren.‹ Ich halte das für eine bessere Idee, als sich für eine verlorene Wette hängen zu lassen.

Die Frauen im alten Griechenland und Rom spielten nicht. Sie hatten andere Sorgen. Auch die griechischen und römischen Schriftsteller spielten nicht, während die russischen Dichter (ein Dostojewski etwa) ganz verrückte Spieler waren. Vorher hat es auch noch keinen großen Roman über das Spiel und die Spieler gegeben.

Mir fällt ein, daß die griechischen und römischen Frauen wohl deshalb nicht gespielt haben mögen, weil es zu ihrer Zeit nur das Würfelspiel gab. Die Engländerinnen und Französinnen spielten, weil in ihrer Epoche bereits das Kartenspiel erfunden war. Das Kartenspiel war bekanntlich zu dem Zweck erfunden worden, die chinesischen Konkubinen jene Zeit über zu beschäftigen, in der sie gerade nicht ihren regelmäßigen (beziehungsweise hauptsächlichen) Obliegenheiten nachgehen mußten. Deshalb sieht man auch in Las Vegas heute so wenig Frauen beim Würfelspiel. Ich vermute also, dies ist historisch bedingt.

In England ist viel über das Glücksspiel sowie über aktenkundig gewordene Spieler und Falschspieler publiziert worden. Diese Gerichtsberichte enden für gewöhnlich mit dem Satz ›. . .und starb an Pocken (oder im Duell) im Alter von 25 Jahren‹. Das heißt also, daß man im 18. und 19. Jahrhundert beim Spiel geschlechtskrank wurde und eines frühen Todes starb, was eigentlich viele junge Spieler abgeschreckt haben sollte – es aber offensichtlich nicht tat. Für einen jungen Puritaner im Viktorianischen Zeitalter gab es kaum etwas Verlockenderes: viel Sex, derbe Späße und große Aufregung. Das war besser, als zu den wilden Indianern nach Nordamerika oder in die heißen Dschungel Indiens zu gehen. (Bleibt die Frage: Wer, zum Teufel, hat wirklich das britische Weltreich errichtet? Die Verlierer?)

Und dann gibt es noch die berühmte Frage des Selbstmords. Bankrotte Spieler verüben Selbstmord. Sie tun dies wirklich. Aber tun sie es, weil sie spielen oder weil sie verlieren? Es stimmt, daß sich viele Männer und Frauen durch das Spiel zugrunde gerichtet und dann umgebracht haben. Aber hätten sie dies nicht in jedem Fall getan? Eines steht fest. Die Engländer und Franzosen spielten um verdammt hohe Einsätze. Das konnte man kaum mehr ›Spiel‹ nennen, das war bereits ein Vernichtungskrieg. Tausend Pfund in einer einzigen Runde zu verlieren bedeutete einem englischen Lord überhaupt nichts. Eine derartige Summe hätte im 19. Jahrhundert eine Arbeiterfamilie auf Jahre ernähren können.

In Spanien war das Spiel die Bedingung für ein gesellschaftliches Entree. Reiche Witwen bekannter Persönlichkeiten führten ihre Salons als Kasinos. Wer sich in den besten Kreisen bewegen wollte, mußte spielen und verlieren. Zu gewinnen galt als unfein.

Die Kirche wurde mit dem Glücksspiel in der Regel gleich zu Beginn konfrontiert, und sie sprach sich zumeist dagegen aus, da sich das Spiel in ihren Augen zum Religionsersatz entwickelte.

Glücksspiele gab es in allen Gesellschaften, von der primitivsten bis zur höchstentwickelten. Das klingt vielleicht dumm, denn dasselbe könnte man von der Sexualität sagen. Und vielleicht möchte ich das wirklich sagen. Das älteste nach festen Regeln gespielte Glücksspiel im Fernen Osten ist Go. Es kam im 8. Jahrhundert von China nach Japan. Bei diesem Spiel werden Hunderte von Steinen verwendet, die verschiedene Kriegsgeräte darstellen.

Vergegenwärtigt man sich den Charakter der japanischen Kultur dieser Epoche, so kann man Go beinahe als ein religiöses Spiel bezeichnen. Das Würfelspiel wurde während der Belagerung von Troja erfunden. Es kann aber auch in Indien gewesen sein, wo die frühesten Beweise für die Existenz des Falschspiels erbracht worden sind. Würfel wurden in Ägypten schon um 3000 vor Christus verwendet. Diese frühgeschichtlichen Würfel kamen in verschiedenen Formen und Größen vor, von winzigen Würfeln mit einem halben Zentimeter Seitenlänge bis zu Würfeln, größer als ein Golfball. Würfel wurden zunächst nur bei Brettspielen, wie zum Beispiel Backgammon, verwendet. Die ägyptische Königin Hatasu (um 600 vor Christus) wurde mit einem Elfenbeinwürfel und einem Astragalus, einem aus zwanzig Steinen und einem Brett bestehenden Knöchelspiel aus Antilopenknochen, begraben.

Das Spiel hat bestimmt religiöse Wurzeln. Wie steht es denn etwa mit den griechischen und römischen Priestern, die in den Eingeweiden von Schafen lasen? Sicherlich hatten sie ein System, aber wie wollte man feststellen, ab wann geschoben wurde? Wer suchte denn die Schafe oder Rinder oder was immer vorher aus?

Schon im alten Israel wurde einer der zwölf Apostel durch das ›Los‹ berufen. Doch der Talmud setzt den Spieler dem Dieb gleich. Ein Spieler durfte nicht als Zeuge auftreten und war vom Staatsdienst ausgeschlossen.

In Afrika wurde die Schuld einer des Ehebruchs angeklagten Frau durch eine Art Gottesurteil ermittelt. Sie mußte ihre Hände in eine von zwei verschiedenen Schüsseln mit Wasser tauchen. In einer der beiden Schüsseln befand sich eine ätzende oder färbende Flüssigkeit.

Die alten Griechen gaben sich kaum dem Spiel hin. Sie, die der menschlichen Kultur einige der bedeutendsten künstlerischen und literarischen Werke hinterlassen haben, setzten das Glücksspiel unter schwere Strafe.

Die Juden enthielten sich des Spiels, bis sie in den Einflußbereich der Römer kamen. Aber die Bibel sagt, daß Moses von Gott den Auftrag erhielt, das Gelobte Land durch das Los aufzuteilen. Böse Zungen behaupten, das sei der Anfang des von den Kirchen heute oft gespielten Lotteriespiels Bingo gewesen.

Als sich Rom (gegründet im Jahre 753 v. Chr.) zu einem Imperium ausweitete, verbreitete sich das Spiel in alle Teile der Alten Welt. Schon die Kinder lernten zu spielen und zu wetten. So kann der Niedergang Roms zum Teil auf die große Spielleidenschaft aller Volksschichten zurückgeführt werden. (Hoffentlich habe ich keinen Fehler begangen, als ich meinen Kindern das Glücksspiel beibrachte.)

In jüngerer Zeit hat ein gewisser Louis Cohen einen Brief hinterlassen, in dem er gestand, daß der große Brand von Chicago nicht durch die ominöse Kuh verursacht wurde, die eine Laterne umwarf, sondern durch die Unachtsamkeit einiger Spieler, mit denen er in einer Scheune würfelte. Doch wer weiß, vielleicht war er nur ein bankrotter Spieler, der auf diese Weise ein wenig Ruhm erlangen wollte. Einen Mitspieler hätte er bestimmt niemals um seinen Ruf gebracht, aber was gilt einem Spieler schon eine Kuh!

Man kann das Glücksspiel allerdings nicht für alles verantwortlich machen. Der Befehlshaber der spanischen Armada untersagte zwar seinen Matrosen das Glücksspiel, als sie gegen England segelten, das hat jedoch auch nichts geholfen.

Aller Erfahrung zum Trotz haben sich die führenden Männer der Kirchen scharf gegen das Spiel gewandt. Um 1700 wurden berühmte Predigten gegen das Glücksspiel gehalten. Bei der Verurteilung dieses Lasters wurde argumentiert, man dürfe Gott nicht damit belasten, auch noch über die Wetten der Menschen entscheiden zu müssen. (Offenbar haben sie dabei vergessen, daß Gott jede Feder beachtet, die ein Sperling verliert.) Aber zu dieser Zeit hatte sich das Glücksspiel als so gesellschaftszerstörend erwiesen, daß die Prediger jedes noch so schwache Argument vorbringen mußten. Das Gesinde bestahl seine Herren. Berufsspieler verführten hübsche Dienstmädchen und überredeten sie anschließend, sich mit dem Tafelsilber davonzumachen. Solche Typen landeten für gewöhnlich am Galgen, aber nicht ohne vorher das Vergnügen ausgekostet zu haben, die gestohlenen Sachen beim Würfelspiel wieder zu verlieren. Die herrschenden Schichten gaben sich nicht länger damit ab, ihren Ländern zu Ruhm zu verhelfen, sondern widmeten sich lieber tagaus, tagein dem Würfel- und Kartenspiel.

Schließlich kam es zu einem großen Aufstand gegen das Glücksspiel. Man wurde seiner durch ein relativ einfaches Mittel Herr, indem nämlich der Staat sich selbst zum Buchmacher erklärte. Die Briten dachten sich einen tollen Trick aus: die Premium-Bond-Lottery. Dieses System lief darauf hinaus, daß man sein Geld in einer Bank anlegte, statt der Zinsen aber Lotterielose bekam, wobei jedoch Gewinne dieser Staatslotterie steuerfrei waren. Die Zinsen behielt sich die Regierung.

Die Franzosen erfanden das öffentliche Wetten und richteten das erste Wettbüro im Jahre 1872 in Paris ein. Ich habe dies immer für eine typisch amerikanische Einrichtung gehalten.

Die Lotterie wurde von den Römern erfunden. Die Ostblockstaaten haben das gleiche Prämienlose-System, wie es in Großbritannien üblich ist.

Das Windhundrennen, das ich immer für eine spezifisch englische Sache gehalten habe, weil es dort so beliebt ist, wurde in Wirklichkeit in Amerika erfunden. Es wurde 1890 zum erstenmal in den USA zugelassen; die erste Rennbahn wurde 1923 in Oklahoma eröffnet. In England wurde die erste Bahn im Jahre 1925 in Bellevue, einem Stadtteil von Manchester, eingerichtet. 1943 war ich als Soldat im Zweiten Weltkrieg dort einquartiert. Ich traf damals eines der vielen Mädchen, die als Windhundtrainerinnen arbeiteten, und es erzählte mir, daß die Mädchen manchmal die Hunde durch Masturbation am Sieg hinderten. Mich schauderte, und ich versuchte seither nie mehr, Inside-Informationen zu bekommen. Mir selbst wenigstens war damit erneut bewiesen, daß ich kein verkommener Spieler bin.

Aus dieser kurzen Geschichte des Glücksspiels wird ersichtlich, daß das Glücksspiel, wie es in Las Vegas aufgezogen wird, nicht ohne Vorbilder ist. Die Spielhöllen Englands kannten bereits die Gratisbewirtung mit Speisen und Getränken, hatten hervorragend eingerichtete Spielzimmer und verwöhnten ihre Gäste mit allerlei Extras, darunter selbstverständlich auch Frauen.

Das Verwaltungs- und Kontrollsystem war mit Anreißern (Personen, die zum Spiel animieren), Inspektoren und Oberinspektoren, Croupiers, Chefcroupiers und so weiter ähnlich aufgebaut. Sogar die Gewinnchancen waren gleich. Im 18. Jahrhundert rechneten die Klubeigentümer mit einem Gewinn von ungefähr 25 Prozent der Spielsumme. In Las Vegas rechnet man heute mit 18 bis 20 Prozent.

Im Binion's Horseshoe Casino in Las Vegas wird ein Barbetrag von einer Million Dollar gezeigt: einhundert 10 000-Dollar-Noten, die letzten, die in den USA im Umlauf sind. In diesem Binion's Horseshoe Casino findet man auch noch einige andere Gags. Binion war einer der

Begründer des modernen Las Vegas und eine seiner schillerndsten Persönlichkeiten. Offensichtlich hatte er die Geschichte des Glücksspiels genau studiert. Das Schaufenster mit der Dollarmillion hat er sich anscheinend von einer der Spielhöllen aus dem London des 18. Jahrhunderts abgeschaut, die ein Vermögen in Gold ausstellte, um die Habgier besessener Spieler anzustacheln.

Binion's Horseshoe Casino macht täglich über fünfhundert Photos von Besuchern, die den Millionenbetrag angaffen. Da die Besucher auf die Ausarbeitung der Fotografien warten müssen, vertreiben sie sich die Zeit, indem sie ein paar Dollars an den Spieltischen ausgeben.

Der ›Horseshoe‹ ist übrigens das einzige Kasino, das keinen Höchsteinsatz (Limit, Maximum) kennt. Das bedeutet, daß der erste Einsatz eines Spielers sein künftiges Limit ist. Obwohl normalerweise das Limit 2000 Dollar beträgt, kann ein Spieler, der mit 10 000 Dollar beginnt, während der laufenden Spielrunde bei diesem Einsatz bleiben. Damit wird eine der Grundregeln des Kasinobetriebes verletzt, nach der es unbedingt ein Limit geben muß. Diese Regel wurde eingeführt, um zu verhindern, daß sehr wohlhabende Spieler ihren Einsatz jeweils verdoppelten, weil dieses System meist recht gut funktionierte, wenn man genügend Kleingeld zum Erhöhen besaß. Binion's System ist jedenfalls sehr schlau: Durch den Hausvorteil beim ersten Einsatz kann der Besucher fast sicher sein, mit Schulden zu beginnen.

Nach all meinen Studien der Geschichte des Glücksspiels vom Beginn der Zivilisation bis zur Gegenwart muß ich feststellen, daß das Spiel in Las Vegas das regelmäßigste und ehrlichste ist, das es je gab. Hier bekommt der Spieler wirklich eine faire Chance. (Der ärgste Partner, gegen den man spielen kann, ist eine staatliche Gesellschaft. Für mich ist eine Staatslotterie um nichts besser als Straßenraub. Der Staat kassiert nicht nur einen erheblichen Prozentsatz der Wettsummen, sondern besteuert auch noch die Gewinne! Wie kann man nur Gewinne besteuern, ohne Verluste zu begünstigen! Wenn sich Las Vegas derartiger Praktiken bediente, würden das Bundeskriminalamt und die Lynchjustiz über die Stadt herfallen und sie ganz schön zurichten. Was der Staat da treibt, ist eigentlich kein Glücksspiel mehr, sondern ein Spiel mit der Steuerschraube.)

Das älteste Spielkasino Europas ist Baden-Baden in Deutschland. Übrigens spielen die Europäer um weit höhere Einsätze als die Amerikaner. Die luxuriöse Ausstattung spielt dort eine viel größere Rolle als in Las Vegas. Dafür wiederum werden hier die Spielbanken als beinhartes, arbeitsintensives Geschäft geführt, was in Europa wieder nicht der Fall ist.

Die ersten Spielkasinos in Amerika entstanden auf dem Mississippi, auf den berühmten Showboats, den luxuriösen Raddampfern. Im Jahre 1833 gab es ungefähr 500 solcher Dampfer, und schließlich waren es fast 2000, was darauf schließen läßt, daß der Mississippi auf seinem breiten Rücken ganz schön viel getragen hat. Diese schwimmenden Kasinos waren genauso luxuriös ausgestattet wie die Kasinos im heutigen Las Vegas, aber die Kunden wurden weit häufiger betrogen. Viele Berufsspieler wurden durch das Falschspiel zu Millionären. Jene, die es nicht schafften, fanden ein nasses Grab.

Die amerikanische Form des Würfelspiels (Craps) wurde nicht von den Negern in den Südstaaten erfunden, sondern geht auf das berühmte Hasardspiel zurück, das zahllose englische Adelige an den Ruin brachte. Die Regeln des Würfelspiels, die in Nevada gelten, wurden zuletzt 1957 neu gefaßt. Die Änderungen waren geringfügig und geschahen nur in der Absicht, einige zusätzliche Einsätze für weniger gute Spieler einzubauen. Das Würfelspiel Craps ist also im Grunde ein englisches Spiel.

Die ersten Roulettezylinder entstanden in Ägypten und besaßen drei Zero-Fächer für die Bank, wodurch die Gewinnchancen der Spieler verringert wurden. Das Roulette ist somit keine französische Erfindung, obwohl es das beliebteste Kasinospiel in Frankreich ist. (Natürlich nur mit einem Zero.)

Der Spielautomat wurde im Jahre 1895 von dem jungen amerikanischen Mechaniker Charles Fay erfunden. Er vermietete seinen ersten Spielautomaten für die Hälfte des Gewinns an einen Spielsalon in San Francisco. Wäre es ihm gelungen, sich die Patentrechte für alle Spielautomaten zu sichern, wäre er sicherlich der reichste Mann der Welt geworden.

In jener Epoche (um 1890) wurde New Orleans zur Hauptstadt des amerikanischen Glücksspiels. Louisiana legalisierte das Spiel; aber das Falschspiel griff so stark um sich, daß das Glücksspiel bald wieder verboten werden mußte.

Die Lotterie des Staates Louisiana war 1892 so betrügerisch geworden, daß der amerikanische Kongreß den Postversand von Lotteriematerial über Staatsgrenzen hinweg zu einem nach dem Bundesgesetz strafbaren Vergehen erklärte. Auf diese Weise trug er in den dreißiger und vierziger Jahren indirekt zur großen Beliebtheit der illegalen Irish Sweepstakes bei, einer Rennwette, bei der der Gewinner den gesamten Einsatz aller Teilnehmer einstreichen konnte. Darauf geht letztlich auch die große Furcht des Staates Nevada zurück, daß das Glücksspiel einmal durch ein Bundesgesetz verboten werden könnte. Einige andere Staaten, nämlich Texas, Kalifornien und Neu Mexiko, hatten im Verlaufe der Jahre das Glücksspiel zugelassen, es später allerdings wieder verboten.

Es schien, als wäre es unmöglich, der Falschspieler Herr zu werden. Erst der Erfolg des ›sauberen‹ Glücksspiels in Nevada nach dem Zweiten Weltkrieg verhalf dem legalen Spiel in den Vereinigten Staaten zu neuem Leben.

Großbritannien legalisierte 1960 fast alle Arten des Glücksspiels. Es entstanden so viele kleine Spielklubs, daß man schnell strengere Bestimmungen schaffen mußte, um einige wieder schließen zu können. Es gab sogar eine Zeit, in der beim Roulettespiel kein Hausvorteil erlaubt war, indem nämlich die Zero für das ›Haus‹ abgeschafft wurde. Ich fragte mich, wie die Kasinos da existieren konnten, und fand es auch bald heraus. Im Jahre 1972 spielte ich in einem Klub in London: Es kam eine Zahl, auf die ich einen großen Betrag gesetzt hatte. Der Croupier, eine hübsche, charmante Dame, entfernte die Roulettekugel so schnell aus ihrem Fach, daß ich keine Gelegenheit zu protestieren hatte, da sie schon eine andere Zahl als Gewinn ausgerufen hatte.

Das war das einzige Mal, soweit ich mich erinnere, daß ich in einem Kasino betrogen worden bin. Bald nach meinem Besuch wurde dieses Kasino übrigens geschlossen. Ich nehme an, daß man mich nicht betrogen hat, weil ich ein Amerikaner bin – sie betrogen vermutlich alle Besucher.

In England schätzt man, daß drei Viertel der Bevölkerung spielen, wobei der Einsatz im Durchschnitt der gesamten Einwohnerzahl etwa 40 Pfund pro Person und Jahr beträgt. Auch in den USA spielen 75 Prozent und geben dafür pro Kopf etwa 250 Dollar aus. In beiden Ländern ist das Glücksspiel der führende Umsatzträger der Volkswirtschaft (wenn man das illegale Wetten dazurechnet).

In vielen Ländern gehörten während der letzten hundert Jahre die mächtigsten und geachtetsten Männer Spielklubs an. Besonderes Glück hatte Wellington. Er schlug nicht nur Napoleon in der Schlacht, sondern verlor auch an keinem der vielen Abende, die er im berühmten Crockford Gambling Club verbrachte. Er kam nämlich nur, um zu essen und zu trinken. Gespielt hat er nie.

So ziemlich alles, was ich je über die Motive des Glücksspiels gelesen oder erfahren habe, ist kompletter Unsinn. Einige Psychiater bezeichnen das Spiel als masochistisch, da der Spieler verlieren will, um sich selbst zu strafen. Bei einigen mag das stimmen. Schließlich springen ja auch manche Leute nicht unfreiwillig vom Empire State Building. Aber Millionen von Menschen fahren hinauf, um die Aussicht zu bewundern. In der Tat gibt es Spieler, die fünfzig- oder hunderttausend gewinnen und zum Schluß alles verlieren. Man nennt sie fast liebevoll *degenerate gamblers* (besessene Spieler). Auf bescheidene Weise war auch ich einer von ihnen. (Ich verließ einmal ein Kasino in Las Vegas mit zehntausend in bar in meiner Tasche.) Mein höchster Gewinn betrug dreißigtausend Dollar beim Baccara; aber der zählte nicht, denn ich hatte in jenem Hotel Schuldscheine unterschrieben und verwendete das gewonnene Geld, um sie einzulösen. Da ich in meinen wildesten Spielertagen zumindest ein ›leicht besessener‹ Glücksspieler war, glaube ich doch das typische ›Spielersyndrom‹ genau beurteilen zu können. Es ist keineswegs etwa so, daß man einen Zwang zum Verlieren in sich trägt. Vielmehr kann man nur einfach nicht glauben, daß man verlieren könnte. Gewinnt man, ist man überzeugt, von Gott geliebt zu werden. Man ist überzeugt, daß eine innere Stimme einem jene Ziffern vorsagt, die dann auf wunderbare Weise bestätigt werden, wenn der rote Würfel zum Stillstand kommt oder die Karte mit dem blauen Rücken aufgedeckt wird.

Eine Glückssträhne löst den Glauben an die eigene Unfehlbarkeit aus. Warum dann aufhören? Jemand, der nicht spielt, kennt nicht das Gefühl des ›Auserwähltseins‹ (ich kann es nicht besser ausdrücken), das man hat, wenn der Würfel so rollt, wie man es ihm befohlen hat. Jenes allwissende Wohlgefühl, wenn die Karte, die man braucht, obenauf zu liegen kommt und einem in die zuversichtlich strahlenden Augen entgegenlacht. In solchen Augenblicken meines Lebens bin ich einem religiösen Glücksschauer am nächsten, bin ich von wundergläubigem Erstaunen überwältigt wie ein Kind.

Ich wollte, kurz gesagt, alles gewinnen. Unterscheide ich mich hierin so sehr von jenen religiösen Fanatikern, die sich einbilden, nach dem Tod in ihren erträumten Himmel zu kommen?

Allen jenen, die derartige Gefühle verächtlich finden, möchte ich sagen, daß ich so über Religion denke: Keine Spielhölle täuscht die Menschen auf so grausame Weise, wie die Religion die Menschheit über den Tod täuscht. Denn wir versuchen doch dauernd, unserem Ende zu entkommen. Welcher Ausweg, zum Teufel, bleibt aber dem Spieler?

Warum werden wir nicht alle politisch aktiver, um eine bessere Welt zu bauen? Warum strengen wir uns nicht noch mehr an, um unser Leben erfolgreicher zu gestalten? Wie wäre es, sich ganz den Künsten hinzugeben, um das Leben reicher zu machen?

Das alles sind bessere und befriedigendere Alternativen. Der einzige Haken dabei ist, daß sich nur wenige um diese Dinge kümmern. Es hängt eben davon ab, was man im Leben mitbekommt.

Das Spiel ist sicherlich nicht das Höchste im menschlichen Leben; Rauschgift schon gar nicht; ich könnte sogar nachweisen, daß es auch die Kunst nicht ist.

Millionen von Menschen haben weder das Talent noch die Bildung, um die Kunst als Schutz gegen die Widerwärtigkeiten des Lebens zu verwenden. Andere wieder haben zu viele Bücher gelesen und sind an einem Punkt angelangt, an dem sie Wissen und Erkenntnis verachten.

Wie steht es mit Erfolg im Beruf oder mit Reichtum? Millionen Menschen haben weder das Talent oder, besser, die erbarmungslose Brutalität, um auf ehrliche Weise zu Geld zu kommen, noch besitzen sie die gnadenlose Skrupellosigkeit, auf kriminelle Weise ihr Glück zu machen. Man muß schließlich bedenken, daß diese gnadenlose Skrupellosigkeit überall dort von Vorteil ist, wo Geld ohne Verstöße gegen das Gesetz gemacht wird. Und nicht zuletzt sind auch noch Gesundheit und hohes Alter zu erwägen.

Wie einsam sind doch alte Menschen! Wie schwer haben sie es, wirkliche Freunde zu finden! Nach Überschreitung einer bestimmten Altersgrenze scheint sich die Energie, die man braucht, um den Mitmenschen zu lieben, zu verflüchtigen. Und wir alle wissen – unabhängig von unserem Alter –, daß jüngere Menschen ihre älteren Verwandten manchmal als Belastung empfinden.

Aus diesem Grunde kommt es mir seltsam vor, daß sich Schriftsteller und Intellektuelle so oft über alte Frauen lustig machen, die an den Spielautomaten in Las Vegas stehen, und sie als Beispiel für unsere dekadente Gesellschaft hinstellen. Gerade sie sollten am meisten Mitleid empfinden. Ich schaue diesen alten Frauen gerne zu, wenn sie gespannt wie kleine Kinder auf den Augenblick warten, da ein Wasserfall von Silbermünzen in ihren Schoß rieselt, und in dieser Zeit die paar Stunden vergessen, die sie noch vom Tod trennen, und ich bedauere ihre Unfähigkeit, noch wirkliche Liebe zu empfinden. Warum wirft man ihnen vor, daß sie sich nicht über Vietnam entrüsten, über den herannahenden Atomkrieg, über die Vernichtung der Umwelt und über die Verunreinigung der Stratosphäre?

Warum sollten sie sich denn darum kümmern? Sie haben ihr Leben gelebt und für ihre Sünden bezahlt.

Nun gut, jetzt wissen wir vielleicht, warum alte Menschen spielen. Was aber ist mit den Kindern? Hierüber kann ich wieder aus eigener Erfahrung berichten. Ich verbrachte einen guten Teil meiner Kindheit mit dem Glücksspiel. Meinen eigenen Kindern habe ich es frühzeitig beigebracht. Ich weiß genau, warum Kinder spielen. Kinder spielen, weil sie habgierig sind. Sie wollen alles haben und sind erstaunt, wenn ihnen dies nicht gelingt.

Für mich ist das überhaupt das wichtigste Kennzeichen des Spielers. Es ist eine Art infantile Regression. Und hier muß ich wiederum betonen, daß ich diesen Umstand bei Erwachsenen nicht vollkommen verurteilen kann. Es ist ein Fehler, ja ein drastischer Fehler, sein Leben nach einem infantilen Konzept auszurichten, wenn auch ein wenig Kindlichkeit einem natürlich helfen kann, das Leben zu meistern. Schauen wir uns doch all die älteren Herren an, die im Park einem Fußball nachjagen statt zwanzigjährigen Mädchen!

In meiner Kindheit fand ich genügend Zeit für das Kartenspiel, obwohl ich Sportchampion der Tenth Avenue war und bereits mit dreizehn Jahren Dostojewski las. Ich war nicht einmal noch ein Teenager (als Teenager hörte ich nie Musik, als Erwachsener liebe ich Teenagermusik), da spielte ich schon Poker mit rauhen Arbeitern unter den Straßenlaternen von New York oder in den Hinterzimmern der Süßwarenläden. Ich spielte mit halbstarken Schlägertypen und Jugendlichen aus der Nachbarschaft, die sich nicht scheuten, jemanden wegen ein paar Cents auszuplündern, und hatte dabei die kindliche Frechheit falschzuspielen. Ich gab das Pik-As nicht von oben, sondern von unten, präparierte mein Kartenspiel und lizitierte beim Stud-Poker (eine Variante des amerikanischen Pokerspiels), ohne über den Einsatz zu verfügen.

Dabei war ich ein miserabler Falschspieler. Ein einmaliges Abheben hätte genügt, um mein präpariertes Spiel zunichte zu machen. Aber ich habe einfach ›vergessen‹, abheben zu lassen. Ich war so jung, daß niemand Verdacht schöpfte. Als ich später meinen Kindern das Pokern beibrachte, ließ ich sie nie geben, ohne vorher abgehoben zu haben. Einem Kind soll man beim Spiel nicht trauen.

In meiner Kindheit gehörte in der Weihnachtszeit, am Weihnachtsabend, das Kartenspiel im Kreise der Familie und der Verwandten zu den Festtagsfreuden. Erst als ich für dieses Buch recherchierte, erfuhr ich, daß dies eine alte Sitte ist. Noch bevor Kolumbus Amerika entdeckt hat, gab es in Europa bereits Gesetze gegen das Glücksspiel. Um 1400 ist bekanntlich das Kartenspiel, wohl aus China, nach Europa gebracht worden. (In China, so haben wir bereits gehört, diente das Kartenspiel als Freizeitbeschäftigung der Konkubinen.) Man bedenke auch, daß in einigen Ländern auf Hasardspiel die Todesstrafe stand. Aber während der Weihnachtsfeiertage gestatteten die Könige sogar den Armen das Glücksspiel. Zur Feier der Geburt Christi durften sie also am Luxus des Kartenspiels teilhaben.

Zu den vielen Entwürdigungen, denen die nordamerikanischen Indianer ausgesetzt waren, gehörte das dauernde Falschspiel, das unsere ehrlichen Pioniere mit ihnen trieben. Voller Verzweiflung stellten die Indianer ihre eigenen Spielkarten aus der Haut des weißen Mannes her. Es änderte nichts an ihrem ›Glück‹.

Mit kindlicher Konsequenz betrog ich meine Brüder beim weihnachtlichen Kartenspiel. Mit großer Fertigkeit gab ich mir das Pik-As von unten. Ich gewann einen guten Teil des Geldes, das meine Brüder von Onkeln, Tanten und Taufpaten als Weihnachtsgeschenk erhalten hatten. Mir ging es dabei gar nicht so sehr um das Geld: ich wollte nur gewinnen. Ich weiß gar nicht mehr, was ich mit dem Geld anfing. Ich glaube, ich kaufte Bonbons und Geschenke für sie. Ich mußte wahrscheinlich gewinnen, um mich der harten Zukunft würdig zu erweisen, die vor mir lag.

Der große römische Kaiser Augustus spielte mit Kindern. Ließ er sie gewinnen? Duldete er es, daß sie falschspielten? In einem Film von Vittorio De Sica gibt es eine bezaubernde Szene, in der De Sica, ein leidenschaftlicher Spieler, ein Kind zum Kartenspiel verleitet. Er gestaltete sie sicherlich aus seiner eigenen Erfahrung, denn es gibt Gerüchte, nach denen De Sica das Geld seiner Filme schon verspielt hatte, bevor sie noch gedreht waren. In einem Interview sagte er einmal: »Geld war schon immer mein Ruin.« Ich vermute, er meinte wohl, das Spiel hat ihn ruiniert. Trotz dieser kindlichen Art war er einer der größten Künstler auf dem Gebiet des Films.

Ich glaube, daß das Kartenspiel für die Kinder den Reiz des Zauberhaften, des Märchens hat, weil Freude und Enttäuschung hier so extrem ausgeprägt sind. Aus irgendeinem Grund geht vom Würfelspiel auf Kinder keine Faszination aus. Möglicherweise deshalb, weil die Würfel scheinbar dem physikalischen Gesetz von Ursache und Wirkung gehorchen. Teure Kinderspiele, wie man sie in Spielzeughandlungen kaufen kann, haben nicht die gleiche Anziehungskraft wie Glücksspiele. Als ein am Hungertuch nagender Vater von fünf Kindern gab ich große Summen für patentierte Spiele in schöner Verpackung aus. Meine Kinder ließen sie liegen, sobald sie nur das Geräusch hörten, das beim ›Abrauschen‹ eines Kartenspiels entsteht.

Alle Eltern sollten ihren Kindern Kartenspiele beibringen – hauptsächlich weil sie damit gut auf die Enttäuschungen des Lebens vorbereitet werden. Sobald ein Kind einmal beim Pokern eine Sequenz (Straight) gehabt und damit verloren hat, wird es verstehen, daß einem im Leben nicht alles von selbst in den Schoß fällt. Und wenn dasselbe Kind einmal mit einem guten Blatt verliert, weil es nicht mehr zukaufen wollte, dann wird es begreifen, daß die Zukunft voll böser Überraschungen ist. Ich glaube, daß das Spiel Kinder vor dem Gefängnis bewahrt. Ich wuchs in einer schlechten Umgebung auf, in der es viele Gelegenheiten gab, auf die schiefe Bahn zu geraten. Während aber einige meiner Freunde spätabends mit Einbrüchen beschäftigt waren, versuchte ich den Besitzer des Süßwarengeschäfts im Kasino-Poker zu schlagen.

Warum spielen junge Leute? Als Teenager blieb ich einmal bis vier Uhr morgens aus. Meine Mutter regte sich furchtbar auf, schrie, ich würde das Mädchen heiraten müssen, wahrscheinlich hätte ich sie in andere Umstände gebracht. In Wirklichkeit war ich zu schüchtern, um Glück bei den Mädchen zu haben. Bis vier Uhr war ich ausgewesen, weil ich versucht hatte, durch Pokern mein Glück zu machen. Aber wenigstens hatte ich zu dieser Zeit mit dem Falschspielen ganz aufgehört.

Ich hörte auf, weil ich ein Spitzensportler war und mich für einen Helden hielt. Ich las Bücher, in denen stand, daß Helden nicht schwindeln. Ich war besser als alle anderen. Ich wußte es und glaubte, daß es der Rest der Welt auch wisse. Meine Haltung entsprach der französischer und englischer Adeliger, die sich für Gentlemen hielten, weil sie nicht falschspielten, und die sich selbst lieber das

Leben nahmen, als eine Ehrenschuld im Spiel nicht zurückzuzahlen. Deshalb zahlte ich nun stets meine Spielschulden. Fünfunddreißig, nein vierzig Jahre später ist mir endlich zu Bewußtsein gekommen, daß ich nicht besser bin als andere. So hinterließ ich Schuldscheine in Las Vegas, die bis auf den heutigen Tag nicht bezahlt sind.

Inzwischen hat mich also das Spiel (um 5 Cent, 10 Cent und 25 Cent) vor dem Gefängnis bewahrt. Es ließ mich für einige Augenblicke vergessen, daß mein Sexualleben unerfüllt war. Es ließ mich vergessen, daß der Ernst des Lebens unerbittlich herannahte: jene Zeit, da ich auf eigenen Füßen stehen und einen mühsamen Job ergreifen müßte, von dem ich schon damals wußte, daß ich ihn hassen würde. Manchmal träumte ich beim Kartenspiel am emaillierten Tischchen des Süßwarengeschäfts von Geschichten, die ich schreiben würde, und davon, ein reicher und berühmter Schriftsteller zu werden. Niemals bildete ich mir auch nur einen Augenblick lang ein, daß ich mein Glück als Spieler machen könnte. Wie recht ich hatte!

Der Zweite Weltkrieg erlöste mich von der Fronarbeit meines Jobs nach nur einem Jahr der Qual. Man frage Soldaten und Matrosen des Zweiten Weltkriegs, wie sie ihre Zeit in der Armee, in der Flotte oder im Marinekorps verbracht haben. In einem Zug von New York nach Oklahoma widerstand ich fünf Tage lang der Versuchung, das Pik-As von unten zu geben. Drei Wochen dauerte die Fahrt auf einem Truppenschiff von Amerika nach Europa – ich spielte ehrlich und hatte unwahrscheinliches Glück. Ein Fallschirmjäger mit weniger Glück setzte mir seine Pistole an die Schläfe. Daraus lernte ich die Lektion, daß man eher auf der Hut sein muß, wenn man unschuldig als wenn man schuldig ist. Ich war fast vier Jahre im Krieg und habe nie einen Schuß im Kampf abgefeuert. Aber ich habe sicherlich millionenmal Karten ausgeteilt.

In einem Ausbildungslager in den Südstaaten lernte ich Blackjack. Ich verspielte meinen Sold für sechs Monate im voraus. Eines Tages bemerkte ich, wie ein Sergeant originalverpackte Kartenspiele auf jedes der Betten warf. Er sah mich und sagte freundlich: »Das Rote Kreuz gibt sie aus.« Ich war erst einundzwanzig und noch immer wie ein Romanheld, ehrlich und arglos. Erst einige Zeit später erfuhr ich, daß der Sergeant bei einer Firma in Chicago gezinkte Kartenspiele in Spezialanfertigung bestellt hatte. Seine Freunde machten sich sogleich daran, den Sold des gesamten Bataillons in ›kameradschaftlichen‹ Blackjackrunden an sich zu bringen. Der Sergeant brauchte nur mehr dafür zu sorgen, daß die Rekruten selten zu Urlaubsscheinen kamen. Er wollte nicht, daß die Armen ihr Geld in der Stadt für Schnaps und Frauen verschwendeten. Schließlich war es ja sein Geld.

Im selben Ausbildungslager wollte mich ein anderer Soldat zu seinem Komplizen machen. Er war der Sohn eines Baptistenpredigers, der selbst ein Falschspieler war. Der Vater schickte seinem Sohn gezinkte Karten. Ich sollte in das Geschäft einsteigen. Er würde beim Blackjack austeilen, und meine Aufgabe würde es sein, als letzter Spieler schlechte Karten, die ihm geschadet hätten, zum Verschwinden zu bringen. Ich lehnte den Vorschlag ab. Ein Spitzensportler auf dem Weg zum Kriegsruhm läßt sich doch nicht herab falschzuspielen.

Es ist möglich, durch das Spiel seinen Charakter zu bessern. Das geht so: In der Hitze des Spiels begeht man ehrlose, betrügerische Handlungen. Man mißbraucht das Vertrauen der anderen. Oder man erfüllt nicht die Verpflichtungen, die man Menschen gegenüber hat, die einem nahestehen und die man liebt. Daraufhin tun einem diese ›Untaten‹ so schrecklich leid, daß man sich früher oder später (meist später) überwindet und seine Schuld dadurch wieder gutmacht, daß man sich in jeder Lebenslage anständig benimmt. Zumindest aber bemüht man sich, so etwas nicht mehr zu tun.

Jeder Mensch hat in seinem Leben Dinge getan, für die er sich schämt; dies ist kein Grund zum Prahlen. Ich habe in zwei Lebensphasen falschgespielt und bin noch immer dabei, mich von dieser Schuld reinzuwaschen. Wenn ich am Gewinnen war, habe ich nie falschgespielt. Ich schummelte nur, wenn ich am Verlieren war. Man mag es mir glauben oder nicht – da besteht ein gewaltiger Unterschied. Um es klar auszudrücken: Ich spielte nicht falsch, um Geld zu gewinnen, sondern nur, um nicht aus dem Spiel zu fliegen. Ich wollte nicht zum stummen Zuseher verdammt sein. Wie auch immer, ich bin der Ansicht, daß es nichts Niedrigeres auf dieser Welt gibt als einen Gewinner, der falschspielt. Vielleicht mit einer Ausnahme: ein männlicher Politiker, der sich gegen das Recht der Frau auf legale Abtreibung ausspricht.

Einer der größten noch ungehobenen, wenn auch unnatürlichen Schätze dieses Landes ist das legale Spiel bzw. Wetten bei Sportereignissen. Vorsichtige Schätzungen über den Umfang solcher Wetten beginnen bei zehn Milliarden Dollar pro Jahr. Doch das ist lächerlich; das sind kleine Fische. Lassen Sie mich hier eine logische Progression aufstellen, die manchen Leuten vielleicht sonderbar vorkommen wird, die mir aber besonders überzeugend erscheint. Gegen Ende der fünfziger Jahre war ich ein fanatischer Sportwetter, ich wettete beim Baseball, ich wettete beim Basketball, und ich wettete beim Football. Damals gab es noch kein Tennis oder Golf im Fernsehen, vielleicht auch waren sie nicht populär genug, daß man auf sie wetten hätte können. Was ich wirklich nicht gerne mochte, waren die Pferderennen; und ich war auch nicht reich genug, um an der Börse zu spielen.

Also gut, ich verdiente damals 120 Dollar in der Woche als Angestellter der Regierung. Ein Kollege von mir verdiente 150 Dollar und wettete mit mir zusammen. Wir wetteten im Durchschnitt etwa 50 Dollar pro Tag, und zwar täglich, auf dieses oder jenes Sportereignis. Wir kamen auf etwa 300 Dollar in der Woche oder zumindest 15 000 Dollar im Jahr fürs Wetten. Natürlich verloren wir nicht all das Geld, manchmal gewannen wir auch. Aber der Buchmacher rechnet damit, daß er etwa 10 Prozent der bei ihm einfließenden Gelder als Gewinn behält, so daß er also an uns 1500 Dollar pro Jahr verdiente.

In dieser Demokratie des Überflusses muß es doch zumindest eine Million Burschen geben wie uns. Das hieße also, daß die Gesamthöhe der Wetten bei 15 Milliarden Dollar liegt. Davon, wenn alles in Ordnung geht, verdienen die Buchmacher 1,5 Milliarden Dollar. Die Wahrheit ist aber, daß es zumindest zehn Millionen Sportwetter gab, die ebensoviel oder sogar mehr als wir wetteten. (Sie verdienten ganz sicherlich auch viel mehr als wir, obwohl wir vielleicht eingefleischtere Spieler waren.) Man kann daher alles mit zehn multiplizieren, und so hat man also Wetten von 150 Milliarden, mit einem 15-Milliarden-Gewinn durch die Buchmacher.

Das war aber in den fünfziger Jahren. Heute verdient ein Mensch, der meinen damaligen Job hat, wahrscheinlich 200 bis 300 Dollar in der Woche. Verdoppeln Sie also die 150 Milliarden, so kommen Sie auf 300 Milliarden Dollar. Hier kommt wohl noch ein Plus dazu, und zwar ein sehr großes Plus, nämlich, daß ja die Fernsehapparate aus unzählbar mehr Millionen Amerikanern Sportnarren gemacht haben, dazu kommen ferner noch eine Menge Frauen, die früher niemals gewettet hätten. Und so ist die Zahl der Wetten wahrscheinlich noch viel, viel höher.

Nicht wahr, das kommt Ihnen lächerlich und unmöglich vor. 300 Milliarden Dollar können doch nicht heimlich für Wetten ausgegeben werden. Zum Teufel damit, niemand weiß wirklich, wieviel es ist. Reden wir also über ein Szenarium, in dem Sportwetten in den Vereinigten Staaten legal sind. Reden wir zuerst einmal vom Geld und denken wir erst nachher über die moralischen Folgen nach. Schließlich ist dies Amerika und ein Land des freien Unternehmertums.

Nehmen wir einmal ein größeres Sportereignis, etwa das Footballspiel in der ›Super Bowl‹. 50 Millionen Menschen schauen direkt oder per TV diesem Spiel zu. Seien wir einmal konservativ: Einige Leute werden wetten, andere Leute tun es nicht, aber die Wetten werden im Schnitt ungefähr zehn Dollar pro Zuschauer ausmachen. Das kommt also auf eine halbe Milliarde Dollar, die bei diesem einen einzigen Sportereignis verwettet werden. Wenn irgend jemand daran Zweifel hat, so sollte man irgendeinen Burschen vom Syndikat fragen, wieviel er dafür zahlen würde, wenn er das legale Recht hätte, bei diesem Sportereignis Wetten anzunehmen. Wie wäre es dann erst mit den ›World Series‹? Das würde sicherlich noch einmal eine halbe Milliarde ergeben. Und genauso ginge es dann auch mit allen anderen Titelkämpfen der diversen Sportarten. Man denke nur einmal an die Tausende Baseballspiele in der normalen Saison, an die Hunderte Berufs-Footballspiele. Und wie wäre es mit den Tausenden Spielen in den Colleges? Wir müssen uns über Basketball erst gar nicht den Kopf zerbrechen, über Tennis und Golf und was es sonst noch gibt. Und wie wäre es mit wirklich dramatischsten Ereignissen, etwa mit der Olympiade? Illegale Buchmacher legen Wetten auf alle Spiele mit Ausnahme der Olympiade. Dabei können sie nicht einmal inserieren, wo doch jedermann den magischen Effekt kennt, den die Werbung auf den Verkauf hat.

Lassen Sie mich eine Voraussage machen. Ich schäme mich fast, es hier niederzuschreiben, weil es so außerordentlich ist. Aber denken Sie daran, daß es sich dabei nur um die Gesamtsummen aller Wetten handelt und nicht um den Gewinn der Buchmacher. Also, die Gesamtsumme, die bei Sportereignissen in den USA verwettet werden würde, wenn dieses Wetten legal wäre, würde EINE BILLION DOLLAR betragen.

Also, jetzt ist es heraus, ich bin froh. Wäre Onkel Sam der Buchmacher, dann würde er 10 Prozent davon behalten, was also 100 Milliarden Dollar wären. Nach vorsichtiger Schätzung würden wohl die Politiker, die das Ganze betreiben, die Hälfte davon stehlen und eine Fülle damit verbundener sehr angenehmer politischer Posten an ihre Freunde verteilen. Die CIA und das Pentagon würden auch noch abschöpfen. Trotzdem würde sicherlich für Onkel Sam ein Profit von 50 Milliarden übrigbleiben. Während ich dies schreibe, weiß ich, daß dem so wäre, und weiß jetzt auch, was die Wright-Brüder gefühlt haben, als sie sagten, sie könnten fliegen.

Lassen Sie sich nicht von den lausigen 100 Milliarden Dollar im Jahr beeindrucken! Schließlich sind wir eine zivilisierte Gesellschaft, schließlich geht es hier auch um die Moral, die ganze Kultur könnte hier auf dem Spiel stehen. Und die Besitzer unserer Berufssportteams sind an dieser Sache so interessiert, daß sie jede gesetzliche Regelung des Wettens bei Sportereignissen entschieden ablehnen. Sie behaupten, daß bösartige, niederträchtige Hasardeure die Integrität des Sport ruinieren werden durch den Versuch, Wettkämpfe zu manipulieren, das heißt also, den Gewinner durch Bestechung zu bestimmen. Jugendliche Athleten würden durch Nummernkonten auf Schweizer Banken und durch Tanzmädchen aus Las Vegas korrumpiert werden. Geschieht dies alles, dann wird Amerika und werden die Amerikaner den Glauben an die Integrität des Sports verlieren, in vollkommenen moralischen Ruin verfallen und unser demokratisches System zerstören. (Sie erwähnen niemals, daß Sportfans sehr wohl zu fanatischen Spielern werden und sich selbst ruinieren könnten.)

Alles, was sie sagen, das geschehen könnte, kann auch tatsächlich geschehen. Wenn aber die amerikanischen Sportfans all diese Besitzer von Professional-Teams durch Jahre hindurch überlebt haben, dann zeigt das, daß sie wirklich einiges vertragen. Die Geldgier und Eigenmächtigkeit der Besitzer von Sportklubs haben in unserer industriellen Gesellschaft der zweiten Hälfte des 20. Jahrhunderts keine Parallele und nur einige Ähnlichkeiten in der ersten Hälfte dieses Jahrhunderts. Ihre ›Sorge für die Jugend Amerikas‹ hätte wohl einen Molière inspiriert. Nie, seitdem die Sklaverei abgeschafft worden ist, haben Bosse ihre Angestellten mit solcher Verachtung für die Menschenwürde behandelt – wie Tiere –, wie es die Eigentümer von Professional-Sportklubs mit ihren Spielern getan haben. Bis vor kurzer Zeit haben sich diese Eigentümer tatsächlich geweigert, mit Spielern auch nur zu sprechen, die durch einen Agenten oder einen Anwalt bei den Verhandlungen über ihre Verträge vertreten waren. Die Geschichte des Geizes der Sportklubbesitzer ist so wohlbekannt, daß man darüber nicht noch einmal reden muß. Ihre Sorge gilt viel mehr dem Geld als der Moral. Sie legen sozusagen die Basis, um sich ein gutes Stück von den Wettgewinnen abzuschneiden.

Es ist wahr, daß manche Spieler bestochen werden, es ist wahr, daß manche Spieler von vornherein korrumpiert sein werden, es ist wahr, daß der fast religiöse Eifer der Sportbegeisterten durch gelegentliche Skandale erschüttert werden wird. Nun, so ist eben das Leben. Wir haben lange Krieg in Asien geführt, haben Regierungen in Südamerika gestürzt, haben Hunderttausende junge Amerikaner durch Kugeln und Bomben töten oder verwunden lassen. Und das für weniger als eine Billion Dollar. Wir hatten einen Präsidenten und einen Vizepräsidenten, die in den siebziger Jahren in Schande zurücktreten mußten, und trotzdem sind mehr als 50 Millionen Amerikaner immer noch zur Wahl gegangen. Der amerikanische Fan ist nicht zu entmutigen.

Nehmen wir an, daß das Schlimmste geschieht, nehmen wir an – der allmächtige Gott verhüte es –, daß irgend jemand eines der großen Spiele durch Bestechung manipuliert. Was würde geschehen? Nun, ein Footballteam würde verlieren und ein anderes gewinnen, das ist alles. Die Fans würden nicht einmal ihr Geld verlieren, die einzigen, denen da weh getan wird, wären die Buchmacher; denn eine Schiebung ist eine Verschwörung, um das Geld des Buchmachers zu bekommen, nicht das der Spieler. Gleichgültig, wer das Spiel gewinnt oder verliert, die eine Hälfte der Wetter wird verlieren, und die andere Hälfte wird gewinnen. Der Buchmacher wird angezapft, aber das wird eher eine Kleinigkeit sein unter dem Aspekt, welche Summen hier auf dem Spiel stehen. Außerdem können wir ihn immer noch schützen, genauso wie wir die Zigarettenraucher schützen, wir müssen nur auf allen Wettbüros entsprechende Aufschriften anbringen, etwa so, wie man heute schon auf den Zigarettenpackungen lesen kann, daß die Zigaretten vielleicht Krebs verursachen (und die Ausgaben für Tabak sind brutto sehr nahe an einer Billion und hundert Milliarden netto). Sicherlich, hundert Millionen Amerikaner werden betrogen werden, aber das geschieht ja nicht zum erstenmal.

Und was soll der ganze Lärm darum? Ein Ballspiel zu

manipulieren bedeutet noch keine Vergewaltigung, ist noch kein Mord, bedeutet nicht einmal soviel wie Kommunist zu sein. Es paßt sehr gut in unseren demokratischen Laissez-faire-Kapitalismus, bei dem man Preise und Löhne ihr eigenes Gleichgewicht finden läßt, entsprechend dem klassischen Ausspruch ›Möge der Käufer sich in acht nehmen‹.

Je sorgfältiger ich es überdenke, um so weniger glaube ich, daß ich mich mehr schämen würde, wenn meine Söhne bei einem Ballspiel eine Schiebung begingen, als wenn sie ins Bankwesen gingen oder Versicherungen verkauften oder ein Filmstudio leiteten. Obwohl nichts an dieser Art Geld zu verdienen auszusetzen ist, dessen man sich schämen müßte. Es ist nur eine Frage des Grades.

Fernsehbosse manipulieren ohnehin schon die Integrität des Spiels, wenn auch nur indirekt. Es heißt, daß in dem einen oder anderen großen Sportereignis der Schiedsrichter sich entschloß, irgendwelche *penalties*, also Strafwürfe, nicht zu geben, nur um der TV-Zuschauer wegen Zeit zu sparen, damit diese das Spiel ganz zu Ende verfolgen konnten.

Ich kann es kaum erwarten zu sehen, was die Werbeagenturen tun werden, um das Wetten beim Sport voranzutreiben. Etwa Muhammed Ali, der uns knapp vor seinem nächsten Kampf ein kleines Gedicht aufsagen wird:

Geh und versetz deinen Brillantenring,
Dafür verpasse ich dem Burschen ein rechtes Ding,
Ich werde ihn einmal und zweimal schlagen,
Dann werden sie ihn aus dem Ring raustragen.

Oder besser noch ein Appell an die Geldgier. Auf einem Fernsehschirm wird man einen hohen Stapel von 100-

Dollar-Noten sehen mit der Unterschrift: ›All das könnte Dein sein, wette!‹

Als die ›Dodgers‹ und die ›Giants‹ an die Westküste übersiedelten, brachten diese beiden berühmten Baseballteams die Schlafgewohnheiten Hunderttausender Männer an der Ostküste durcheinander (und haben vielleicht sogar einige Ehen ruiniert), denn die Spiele an der Westküste begannen um 23 Uhr. Man mußte also bis zwei oder drei Uhr morgens aufbleiben, bis das Ergebnis feststand und man wußte, ob man gewonnen oder verloren hatte. Die ungeduldige Ehefrau machte einen manchmal auf jeden Fall zum Verlierer. Es war wie eine Wanderung auf einem Grat: Sollte man wirklich mit der Gattin zu Bett gehen, seine Ehepflicht erfüllen, warten, bis sie einschläft, und dann die Sendung in den letzten Spielminuten wieder einschalten? Wer es so hielt, mußte damit rechnen, ein nervöser und vielleicht sogar impotenter Liebhaber zu werden.

Wie dem auch sei, meine Sportwetten sorgten für ziemliche Hektik. Am Vormittag, während der Arbeit, setzte ich auf Baseballspiele für nachmittag. Während der Mittagspause lief ich zum Buchmacher. Am Nachmittag setzte ich auf die Abendspiele, und am Weg nach Hause zum Abendessen schaute ich noch schnell beim Wettbüro vorbei, um zu sehen, ob ich am Nachmittag verloren hatte. Anschließend lief ich wieder zum Buchmacher. Manchmal ging ich noch abends zum Traben. Es war alles sehr anstrengend, und Sie werden mich fragen, woher ich das Geld nahm. Sie können gerne fragen: Ich machte Schulden. Schließlich mußte ich jedoch das ganze Glücksspielgeschäft aufgeben, da mir die Zeit beim Schreiben abging und ich einen Roman fertigstellen wollte. Damals dachte ich komischerweise überhaupt nicht daran, über das Spiel zu schreiben.

Mit fünfunddreißig Jahren hörte ich mit dem Spielen auf. Zehn Jahre später begann ich wieder – diesmal in Las Vegas, aber im Kasino. Keine Zweierwetten mehr.

Einer der schönsten Tage in meinem Leben war jener, an dem ich mit meinem Ältesten zu den Polo Grounds hinausfuhr, um die ›Giants‹ gegen die ›Dodgers‹ zu sehen. An diesem unvergeßlichen Tag gewannen die ›Giants‹, und mein Sohn und ich, wir beide waren außer uns vor Freude. Meine Freude war freilich etwas weniger ›rein‹ als die seine. Ich hatte mit drei verschiedenen Einsätzen auf die ›Giants‹ gesetzt. Als wir inmitten der glücklichen Anhänger über das sattgrüne Spielfeld zum Ausgang kamen, blickte ich auf die Punktetafel hinauf und sah, daß ich bei allen Wetten gewonnen hatte. Ich hatte an diesem Tag für jedes Spiel das richtige Ergebnis eingesetzt. Es war ein Sonntag, also ohne weitere Spiele am Abend. Über den Platzlautsprecher kam ein jubelnder Siegesmarsch. Ich war reich. Ich hatte fast tausend Dollar gewonnen, in den fünfziger Jahren eine gewaltige Summe für mich. Ich brauchte im Herbst zu Schulbeginn kein Geld für die Kinderkleider borgen, ich kaufte die Kleider. Den ganzen Monat über spielte ich nicht. Ich war kein besessener Spieler.

Ein anderes Mal mußten wir in eine neue Wohnhausanlage in der Bronx umziehen. Der Umzug kostete 85 Dollar. Ich hatte aber nur 20. Ich setzte meine 20 Dollar mit ziemlichem Risiko auf zwei Outsider im Baseball. Ich gewann. Ich mußte mir kein Geld leihen – und ich behielt meine Ehre. Was wäre gewesen, wenn ich verloren hätte? Nun, dann hätte ich geborgt. Und dabei wäre ich auch nicht schlechter gefahren. Nur mein Gläubiger wäre schlechter gefahren, denn ich hätte mir von ihm 85 Dollar statt 65 ausleihen müssen. So arbeitet eben das Gehirn eines Spielers.

III

In Las Vegas wird ehrlich gespielt

Wird in Las Vegas ehrlich gespielt? So lautet die wohl am häufigsten gestellte Frage, wenn von Las Vegas die Rede ist. Ich habe selbst oft daran gezweifelt, verlor ich doch dauernd, obwohl ich mich für einen ausgezeichneten Spieler halte. Die gesamte Geschichte des Glücksspiels in allen Kulturen beweist es ja: Wo gespielt wird, wird falschgespielt.

Freilich bin ich von Natur aus paranoid. Selbst wenn ich mit meinen eigenen Kindern Karten spiele, hebe ich immer ab. Ich vermag niemandem zu trauen, ob es sich nun um eine Unterschrift für meinen Scheck oder überhaupt um die Kontrolle über meine geschäftlichen Angelegenheiten handelt. Alle Spieler sind paranoid – wenn sie es auch nur für Aberglaube halten. Ich kenne einen Spieler, der seine Frau nach der Geburt ihres dritten Kindes verdächtigte, mit dem Arzt während der drei Tage im Krankenhaus ein Verhältnis gehabt zu haben. So sind die Spieler. Heute, nachdem ich die Spieler fünfzehn Jahre lang beobachtet und darauf zu kommen versucht habe, ob und wie sie falschspielen, muß ich fast gegen meinen Willen feststellen, daß die Kasinos von Las Vegas ihre Kunden nicht betrügen. Wahrscheinlich sind sie die ersten Spielstätten in der Geschichte unserer Zivilisation, in denen es ehrlich zugeht.

Natürlich sind die meisten Kasinomanager in ihrem Herzen die gleichen Gauner wie die Börsenmakler. Aber sie ziehen nur aus dem Hausvorteil Profit; noch dazu sind in Nevada die Gesetze streng, die Polizeiaufsicht genau. Ein weiterer Grund für die Ehrlichkeit der Kasinos liegt in derselben Einsicht, die auch besonders gute Geschäfte wie etwa Bloomingdales in New York dazu bringt, nur

Qualitätswaren anzubieten: Die Kunden müssen zufrieden sein und wiederkommen. Die Kasinos können es sich einfach nicht leisten, ihre gigantischen Investitionen zu gefährden.

Der Gesamtwert der ›Spielfabrik‹ von Las Vegas, der Hotels und Vergnügungseinrichtungen zusammengenommen, beträgt eine Milliarde Dollar. Der Gewinn der Kasinos von Clark County (Regierungsbezirk Las Vegas) belief sich im Jahre 1975 auf 771 Millionen Dollar, also auf über dreiviertel Milliarden. Im gesamten Staat Nevada betrugen die Gewinne eine Milliarde und einhundert Millionen Dollar.

Wenn die Kasinos solche Summen auf ehrliche Weise gewinnen können, warum sollten sie dann auf das Risiko einer krummen Tour eingehen? Warum sollten sie sich der Gefahr der Erpressung durch unzuverlässige Komplizen aussetzen? Wer seine Bewilligung verliert, verliert sein Hotelkasino im Werte von zehn bis hundert Millionen Dollar.

Im Gespräch mit führenden Managern der Spielkasinos, von denen viele noch in der Zeit des illegalen Glücksspiels angefangen haben, erfährt man folgendes: Die Bestechungsgelder, die die illegalen Spielklubs an Politiker und Polizisten zu zahlen hatten, waren so hoch, daß man einfach zu betrügerischen Methoden greifen mußte; freilich keineswegs so hoch wie die heutigen Glücksspielabgaben an den Staat Nevada. Aber selbst damals wußten die Kasinobesitzer, daß es besser sei, ehrlich zu spielen, weil in diesem Fall die Kunden wiederkamen. Betrog man die Kunden und nahm man sie aus, schreckte man sie vom Spiel ab. Las Vegas gibt durch seinen heutigen Service den Spielern das Gefühl, eine faire Chance zu haben und vielleicht sogar für mehr als den eingesetzten Betrag entschädigt zu werden.

Heute wacht die staatliche Spielbankenkommission von Nevada mit Argusaugen über die Kasinos. Das bedeutet freilich nicht, daß ein Kasino, wenn es wirklich wollte, nicht betrügen könnte. Es kann durchaus sein, daß es anfangs einige Kreditbetrügereien gegeben hat. Selbst heute ist nicht ganz auszuschließen, daß man in kleineren Spielsalons, weiter draußen auf dem Lande, auf üble Weise hintergangen wird.

Jeder Spielkasinobesitzer in Las Vegas muß die Grundbegriffe des mit dem Glücksspiel zusammenhängenden Showgeschäftes kennen. Er muß wissen, daß Frank Sinatra mehr als jeder andere Unterhaltungsstar die Einsätze hinauftreibt. Er muß wissen, daß Elvis Presley zwar die größte Attraktion in der Geschichte von Las Vegas ist, daß er jedoch keine Anziehungskraft auf wirklich exklusive und mit hohem Einsatz spielende Gäste ausübte. Er muß wissen, daß Barbra Streisand als Zugpferd für Spieler eine Niete ist. Er muß wissen, daß man sehr viele Gäste braucht, um ein Kasino wirklich zu füllen. Tausend Doppelzimmer ergeben bei einem Hotel zweitausend Gäste.

Nimmt man nun an, daß in einem solchen Hotel fünfhundert Gäste an den Spieltischen Platz haben, so wäre das Verhältnis vier zu eins und würde nicht ausreichen, da die Leute nicht 24 Stunden am Tag spielen und nicht alle Gäste Spieler sind.

Die Hotels von Las Vegas befinden sich heute fast zur Gänze im Besitz von Betriebsgesellschaften. Die ›Kasinobarone‹ der alten Zeit gibt es nicht mehr. Wenn man den Erzählungen über Las Vegas glauben darf, vollzog sich dieser Wandel nach der besten Tradition des amerikanischen demokratischen Kapitalismus. Als der Spielbetrieb in Las Vegas langsam den Ruf der Ehrlichkeit bekam, das Geschäft dort respektabel und die Expansionschancen optimistischer eingeschätzt wurden, forderte das amerikanische Großkapital seinen Anteil.

Die Politiker von Las Vegas waren durchaus zugänglich. Sie wollten die Gründergeneration mit ihren verdächtigen Beziehungen zur Unterwelt loswerden. Man erzählt, daß J. Edgar Hoover mit seinem FBI von der einen und Howard Hughes mit seinen Kapitalgesellschaften von der anderen Seite aus angriffen. Den Gründervätern von Las Vegas wurde zu verstehen gegeben, sie hätten zu verkaufen, oder das FBI würde sie ganz genau unter die Lupe nehmen. Wieder behielt die Vernunft die Oberhand, wie es so schön heißt. Man zahlte faire Preise, aber es gab kein Handeln. Bekannt ist die Geschichte von einem großen Hotel, das – entweder von Howard Hughes oder von irgendeinem Großkonzern – ein Angebot erhielt. Die Entscheidung war innerhalb von 24 Stunden zu treffen, andernfalls wurden Konsequenzen angedroht. Das Hotel wurde verkauft, und Nevada wurde ›sauber‹. Da soll noch einer sagen, der Kapitalismus funktioniere nicht!

Der Geschäftserfolg aller Hotels in Las Vegas hängt vom Erfolg der Kasinos, von deren Umsatz und Gewinn ab. Der Kasinodirektor ist die Schlüsselperson im Spielbetrieb eines Hotels. Er muß ebenso gewinnend wirken wie smart sein. Was heißt smart – er muß so gerissen sein wie Sherlock Holmes, und wenn er nicht ehrlich ist, ist alles verloren.

Ein Kasinodirektor in Las Vegas ist für gewöhnlich ein Mann in den besten Jahren mit einer mindestens zwanzig- bis dreißigjährigen Erfahrung im Spielbetrieb. Manche der Kasinodirektoren leiteten in jüngeren Jahren illegale Spielbanken in verschiedenen Städten der Vereinigten Staaten. Einige von ihnen waren Croupiers gewesen und hatten sich nicht gescheut, gelegentlich auch ein wenig zu unterschlagen, wie sie heute ohne weiteres zugeben.

Die wichtigste Aufgabe des Direktors ist es, die geheiligte Bargeldreserve des Kasinos zu hüten. Er muß den Kassier überwachen. Er hat das letzte Wort bei Kundenkrediten. Er kann jeden Angestellten fristlos entlassen.

Die Croupiers und andere leitende Spielbankangestellte sind die einzigen Arbeitnehmer in Las Vegas, die nicht in einer Gewerkschaft zusammengeschlossen sind. Die Unternehmer geben keinen Zentimeter nach. Der Grund dafür ist einfach. Sie vertreten die Ansicht, daß die Existenz einer Gewerkschaft dem Croupier die Möglichkeit zum Diebstahl bieten würde, denn gäbe es die Gewerkschaft, so müßte dem Croupier jede krumme Tour erst mühsam nachgewiesen werden. Heute aber kann ein Croupier schon auf den bloßen Verdacht hin entlassen werden. Jeder Kasinodirektor wird bestätigen, daß das Glücksspiel nicht funktionieren würde, wenn die Croupiers gewerkschaftlich organisiert wären. Wie soll in einem Gerichtsverfahren gegen einen Blackjackcroupier, der großes ›Pech‹ hat und fünfzehn Abende hintereinander verliert, der rechtsgültige Beweis erbracht werden, daß er zugunsten eines Außenstehenden betrügerische Auszahlungen vornimmt? Der Kasinodirektor aber weiß, daß nach allen Regeln des Glücksspiels und der Wahrscheinlichkeit ein solcher fortgesetzter Verlust unmöglich ist; es sei denn, der Croupier mogelt. Und deshalb wirft er ihn hinaus.

Der Kasinodirektor bestimmt den Schichtboß, die Inspektoren und den Baccarachef, die ihm alle direkt unterstehen.

Der Kasinodirektor muß den Kunden gegenüber auch die Rolle eines zuvorkommenden Gastgebers spielen. Er muß alle Angestellten dazu anleiten, von Berufs wegen umgänglich, charmant und betont höflich zu sein. Er muß sie instruieren, nach außen hin zum Kunden zu halten, ohne ihm aber zu helfen.

Der Kasinodirektor und seine Angestellten müssen wissen, daß Spieler im Rollstuhl suspekt sind, da sie dem Croupier ins Blatt schauen können. Der Kasinodirektor muß mit dem ›Loch in der Decke‹ und der versteckten Fernsehkamera arbeiten, um sich laufend von der Ehrlichkeit seines Personals zu überzeugen.

Der Kasinodirektor muß seine argwöhnischen Augen überall haben. Wenn ein Croupier bei der Arbeit eine besonders große Armbanduhr trägt, kann es sein, daß sie ein Geheimfach besitzt, um einen 100-Dollar-Jeton aufzunehmen.

Hat der Croupier einen sonderbaren Gang? Vielleicht verbirgt er Jetons in seinen Schuhen. Geht er breitbeinig? Es könnte sein, daß er sein ›U-Boot‹ trägt, ein Geheimfach in der Hose, in das er die Jetons hineingleiten lassen kann.

Alle Croupiers müssen schmale Krawatten tragen, damit sie unter ihnen keine Jetons verstecken können. Ihre Hemden dürfen nur eine Tasche besitzen – eine linke Brusttasche, in die wohlwollende Blackjackspieler ein Trinkgeld stecken können (Damen tun dies meistens auf sehr mütterliche Weise). Der Croupier nimmt den Betrag freilich sofort wieder heraus, das Geld kommt in den allgemeinen Trinkgeldtopf.

Der Kasinodirektor muß bei der Auswahl seiner Inspektoren, Oberinspektoren und Chefcroupiers sehr vorsichtig sein. Er muß vermeiden, ›Ausnehmer‹ anzustellen; das sind Angestellte, die nicht zusehen können, wie ein Kunde gewinnt, und deshalb den Spieler betrügen, einfach aus professionellem Ehrgeiz.

Eines Abends kamen die Schauspieler und Mitarbeiter eines Filmteams, das in der nahe gelegenen Wüste arbeitete, nach Las Vegas, um eine Nacht in der Stadt zu verbringen. Der Regisseur war ein fanatischer Spieler mit unbegrenztem Kredit, aber recht wenig Wissen um den Hausvorteil. Der Kasinodirektor empfing ihn mit offenen Armen. Unglücklicherweise befand sich in Begleitung des Regisseurs der weibliche Star des Films, eine völlig überzeugte Anhängerin der Astrologie, der magischen Macht des Tierkreises. Der Regisseur stellte zunächst einmal einen Schuldschein für 5000 Dollar aus und bekam dafür seine Jetons. Er begann am nächsten Blackjacktisch, denn Blackjack war sein Lieblingsspiel. Aber der Filmstar wollte ihn nicht spielen lassen, solange sie nicht einen Croupier gefunden hatte, der im Zeichen der ›Waage‹ geboren war. Sie sagte, das Tierkreiszeichen des Regisseurs sei der Stier, und deshalb werde er an diesem ganz bestimmten Tag nur mit einer Waage Glück haben.

So marschierten nun die beiden die ganze Reihe der Blackjacktische entlang und fragten jeden der Croupiers nach seinem Geburtsdatum. Merkwürdig genug, fanden sie, obwohl sie an allen 20 Tischen fragten, nicht einen einzigen Croupier, der im Zeichen der Waage geboren war. Nach dem Gesetz der Wahrscheinlichkeit hätte zumindest doch einer darunter sein müssen, denn es gibt ja nur 12 Tierkreiszeichen.

Was der Regisseur und der Filmstar nicht begriffen, war der Charakter der Blackjackcroupiers in Las Vegas. Er ist ein perfektes Kasinoinstrument. Was etwa der klassische englische Butler für die beste englische Gesellschaft ist, das ist der Croupier in Las Vegas für die Gesellschaft der Spieler. Die Croupiers sind höflich, aber kühl und reserviert, sie kennen ihren Platz und werden niemals mit den Spielern familiär, besitzen aber doch große persönliche Würde. Als nun die Filmschauspielerin die Croupiers nach ihrem Geburtsdatum fragte, empfanden sie dies als einen Affront, als aufdringlich, und so bekam sie entweder nur ein höfliches Lächeln zu sehen, oder aber die Croupiers teilten einfach weiter ihre Karten aus, oder sie gaben gar ein falsches Geburtsdatum an. Schließlich wandte sich die Schauspielerin an den Kasinomanager, er solle ihr eine ›Waage‹ verschaffen. Er versprach es. Bald würden die Croupiers eine Pause machen, und eine neue Mannschaft würde antreten. Gewiß werde sich unter ihnen ein Waagegeborener befinden. Dann aber fragte er, was denn eigentlich eine ›Waage‹ (im Englischen ›libra‹) sei. Die Filmschauspielerin erklärte ihm, jedermann, geboren zwischen dem 23. September und dem 22. Oktober, sei eine ›Waage‹.

Bevor nun die neue Mannschaft herauskam, sagte der Kasinomanager einem der Croupiers, er solle auf Befragen angeben, er sei eine ›Waage‹ und am 1. Oktober geboren. Klugerweise fragte er auf alle Fälle den Croupier, was nun wirklich sein Geburtsmonat sei. Der Croupier antwortete, er sei im März geboren. Auf diesen Croupier mit dem falschen Tierkreiszeichen stürzte sich nun die Schauspielerin. Der Regisseur mußte an seinem Tisch sitzen und spielen. Nun hatte tatsächlich der Regisseur die erste große Glückssträhne, die erste Gewinnacht seines Lebens, er gewann 20 000 Dollar in einer Serie. Auch die Filmschauspielerin war beglückt und prahlte laut mit ihrer Kenntnis der Astrologie. Dies wieder machte den Kasinodirektor wütend, der überzeugt war, nur gezinkte Karten und Falschspiel könnten die Gewinne zu einem Spieler lenken. Daß die Tierkreiszeichen ein Glücksspiel beeinflussen können sollten, schien ihm eine schwere Kränkung für alles, was er in seinem Leben aufgebaut hatte. Aber er hielt Frieden, bis schließlich die Filmschauspielerin erklärte, der Regisseur müsse nun, solange er noch – dank der Tierkreiszeichen – am Gewinnen sei, aufhören.

In der Hoffnung, der Regisseur werde weiterspielen,

versuchte der Kasinodirektor nun, die ganze Sache in einen Witz zu verkehren, und meinte zu seinem Croupier: »Sage nun der Dame deinen wirklichen Geburtstag.«

In diesem Augenblick drückte der Regisseur fünf 100-Dollar-Jetons dem Croupier in die Hand. Die Schauspielerin griff nach der Hand ihres Freundes, um ihn davon abzuhalten. Der Croupier sah die Filmschauspielerin an, er las in ihr wie in einem offenen Buch. »Mein Geburtstag ist der 1. Oktober«, sagte er. Die Schauspielerin ließ die Hand des Regisseurs los und gestattete, daß er dem Croupier die 500 Dollar Trinkgeld gab. Dann führte sie ihn mit fester Hand ins Bett, einen 20 000-Dollar-Gewinner durch die Macht des Tierkreises.

Der Kasinodirektor muß zahlungskräftige von gewöhnlichen Spielgästen unterscheiden können. Wenn der um hohen Einsatz spielende gute Gast alles verloren hat, wird er ihm Geld für die Heimreise geben und hundert oder zweihundert Dollar für Spesen, aber natürlich nicht zum Weiterspielen.

Der Kasinodirektor muß den Spielverlauf bei jedem Blackjack- und Würfelcroupier genau registrieren und wissen, wieviel an ihrem Tisch gewonnen und verloren wird.

Der Kasinodirektor weiß, daß ein Tisch ungefähr 20 Prozent des gesamten Umsatzes gewinnen muß. Dieser Prozentsatz kann innerhalb eines kurzen Zeitraumes variieren. Ist ein Croupier aber längere Zeit vom ›Pech‹ verfolgt, so spielt er falsch.

An diesem Punkt könnte ich einmal genauer erklären, wie so eine Spielbank überhaupt funktioniert. Die Kunden kaufen Jetons gegen Bargeld oder auf Kredit. Der Croupier wirft Geld oder Schuldschein durch einen Schlitz im Spieltisch in eine darunter angebrachte Kassette. Die darin enthaltene Summe wird in Las Vegas *drop* genannt und stellt den Gesamteinsatz aller Kunden dar. Mit diesem Geld wird gegen das Kasino gespielt. Nach jeder Schicht werden die Kassetten entfernt und das Geld im Zählzimmer gezählt. Ein Tisch soll also im Regelfall 20 Prozent dieser Summe gewinnen. Diese 20 Prozent werden *hold* genannt. Aus diesen 20 Prozent bestreitet das Kasino seine Unkosten – Unterhaltung, freie Spesen, Getränke und so weiter. Der Prozentsatz kann zwischen 18 und 22 Prozent variieren, darf aber, wie bereits erwähnt, innerhalb eines Monats nicht stark davon abweichen.

Es gehört zu den alten Traditionen des Baccara, daß man immer mit Bargeld und nicht mit Jetons spielte. Davon ging man in Las Vegas schließlich aus dem einfachen Grund ab, weil man bei Bargeld die Gewinnspanne nie gut abschätzen konnte.

Jeder Kasinodirektor weiß, daß der Erfolg seines Betriebs von der Zimmerzahl seines Hotels abhängt. Soll ein neues Hotel Gewinn abwerfen, muß es mindestens 1500 Zimmer haben. Der Kasinodirektor muß dem Hoteldirektor erklären können, daß ein wirklich tadelloser Zimmerservice einem guten Kasinogeschäft entgegenwirkt. Schlechte Bedienung im Zimmer treibt nämlich die Kunden in das Restaurant und in die Kaffeestuben. Und von dort ist es nur mehr ein kleiner Schritt ins Kasino. Die Fernsehgeräte in den Zimmern sollten nicht allzu modern sein, aber auch wieder nicht ganz so schlecht wie die Fernseher in Krankenhäusern.

Der Kasinodirektor muß genau auf Reisegesellschaften und Reisemanager aufpassen. Er muß verhindern, daß der Reisemanager mit Hilfe von falschen Ausweisen Spieler einschmuggelt, die gar keine sind, die sich große Kredite geben lassen und dann mit dem Geld verschwinden, statt es an den Tischen zu setzen. Von solchen Personen hört er nie wieder, und ihre Schuldscheine verstauben im Safe.

Der Kasinodirektor muß eine klare Befehlsstruktur errichten. Er hat drei Schichtbosse, für jede Schicht einen, die ihm direkt unterstellt sind. Jedem der Schichtbosse unterstehen Oberinspektoren. Es gibt einen Oberinspektor für die Blackjacktische, einen für die Würfeltische und einen für Baccara. Den Oberinspektoren unterstehen die Inspektoren, die hinter den Croupiers auf und ab gehen und aufpassen. Der Baccarachef sitzt auf einem sehr hohen Stuhl, von dem er die gesamte Szene beobachten kann. Diesen nennt man den *ladderman*, den ›Mann auf der Leiter‹.

Der einzige leitende Angestellte, der direkt an einem Tisch arbeitet, ist der Chefcroupier beim Würfelspiel. Er sitzt an der Mitte des Tisches, beobachtet beim Gehen den Nachschub an Jetons und überwacht die Einhaltung der Regeln. Er entscheidet bei auftretenden Meinungsverschiedenheiten. Er hat auch die Würfel zu überprüfen und darauf zu achten, daß niemand seine eigenen mitbringt. Fallen Würfel über den Rand des Tisches, so überprüft er sie, bevor sie wieder ins Spiel genommen werden.

Die in einem Kasino verwendeten Würfel werden mit einem besonderen Codezeichen versehen, das nur der Chefcroupier kennt, so daß sie nicht gegen fremde Würfel ausgetauscht werden können.

Manche Spieler können den Lauf der Würfel beeinflussen, selbst wenn sie einen Becher benützen. Dagegen gibt es nur ein Mittel: die Einhaltung der Vorschrift, daß die Würfel gegen die Banderole am Tischrand geworfen werden. Der Chefcroupier gestattet dem Geber niemals, Jetons direkt aus der Hand eines Spielers entgegenzunehmen – Jetons mit höherem Wert könnten so (versehentlich) an den Spieler gelangen.

Wie der Infanterist im Schützengraben dem Feind, so steht der Croupier den Spielern Auge in Auge gegenüber. Er verkauft den Spielern die Jetons, zahlt ihren Gewinn aus, streift ihren Verlust ein, gibt die Karten und hat sich mit schlechten Witzen, schlecht gelaunten Gästen, aufdringlichen Gewinnern und schlechten Verlierern abzufinden. Da ein Großteil seines Einkommens aus Trinkgeldern besteht, ergreift er gerne die Partei des Kunden. Er tröstet den Verlierer und gratuliert dem Gewinner. Und manchmal hilft er ein wenig nach.

Die Schätzungen gehen etwas auseinander, aber samt Trinkgeld verdient ein Croupier leicht 500 Dollar die Woche. (Wie echte Spieler, die sich einen Vorteil herausschlagen wollen, behaupten die Croupiers, ihre Trinkgelder hätten steuerfrei zu sein, da ja keine Dienstleistung erbracht werde.)

Ein Croupier hat zwanzig Minuten Pause pro Stunde. Wenn er seinen Posten verläßt, wünscht er allen Spielern viel Glück, wäscht seine Hände in der Luft, um zu zeigen, daß er keine Jetons verborgen hält, und begibt sich in die Kantine, wo er nicht selten mit den anderen Croupiers eine Runde Poker spielt, um sich die zwanzig Minuten zu vertreiben.

Der Kasinodirektor muß jedem Croupier jenes Spiel zuteilen, das seiner Persönlichkeit am meisten entspricht. Das schwierigste Spiel für den Croupier ist Craps. Ein Croupier, der am Würfeltisch arbeitet, sollte groß gewachsen sein und lange Arme besitzen. Die Einsätze werden bei diesem Spiel nämlich weit über das Brett gereicht. Ein Croupier für das Würfelspiel sollte ein extrovertierter Typ sein, denn Craps ist ein extrovertiertes Spiel. Die Spieler plaudern und spornen einander an. Würfeln ist sozusagen ein Gemeinschaftsspiel.

Die Croupiers ›drücken‹ für die Spieler beim Würfeln,

da ihr Trinkgeld vom Gewinn und nicht vom Verlust abhängt. Das Geschehen am Würfeltisch kann sehr hektisch und sehr kompliziert werden.

Die Croupiers sind instruiert, zu jenen Einsätzen aufzufordern, die für das Kasino die höchsten Gewinnchancen versprechen. Dazu zählen Spiele wie *hard ways, field bets, one-roll 11's, one-roll craps* – alle mit einem Hausvorteil bis hinauf zu mörderischen 17 bis 18 Prozent.

Der Würfelcroupier soll ganz und gar Optimist sein, der alles durch eine rosarote Brille sieht. Seine Stimme soll freudig erregt klingen, wenn er einen Gewinn ausruft. Er strahlt derartig viel Vertrauen aus, wenn jemand elf Punkte würfelt, daß trotz des 18prozentigen Hausvorteils alle anderen mitgehen. Ein guter Croupier ruft nie: »Sieben Punkte, verloren!« sondern immer: »Sieben Punkte, aus dem Spiel!« Das Wort ›verlieren‹ kommt in seinem Wortschatz nicht vor. Der Chefcroupier bleibt für gewöhnlich passiv. Er behält nur alles im Auge.

Die Croupiers sollen durchaus Partei für die Spieler ergreifen, freilich nicht immer.

In einem der größten Hotels am Strip wurden auf einmal die Würfeltische für die Spieler ›heiß‹, das heißt gewinnbringend. Entgegen jeder Wahrscheinlichkeitsrechnung schlugen die Spieler Woche für Woche das Kasino. Das Kasino teilte die Tausender aus wie Rockefeller die 10-Cent-Stücke. Nach einem Monat wurde das gesamte Personal an den Tischen genau beobachtet. Nach zwei Monaten ließ das Kasino alle Würfel von einem Speziallabor testen und die Tische auf versteckte Magnete untersuchen. Nach dem dritten Monat wurde die staatliche Spielbankenkommission zu Hilfe gerufen. Trotz der Unwahrscheinlichkeit von eins zu einer Milliarde verlor das Kasino ein Vermögen. Es gab keine andere Erklärung als den Zufall. Außer daß vielleicht ein Meisterbetrüger am

Werk war, der eine Methode gefunden hatte, das ganze System außer Kraft zu setzen und die Kasinos von Las Vegas in klägliche, bankrotte Spielbuden zu verwandeln. Dem Kasinobesitzer blieb nichts anderes übrig, als zu warten.

Nach drei Monaten endete die Plage. Die Würfeltische kehrten zu ihren normalen Prozentsätzen, zu ihrem normalen Hausvorteil zurück, und der Kasinobesitzer ließ den Plan, Selbstmord zu begehen, fallen. Aber er lebt seit damals in der ständigen Angst, daß sich dieser Vorfall wiederholen könnte.

Der Blackjackcroupier ist reservierter und gleicht mehr einem Gentleman. Er spricht nur, wenn er angesprochen wird. Er wird mehr als alle anderen Croupiers beschimpft, denn er ist auf deutlichere Weise Gegner des Spielers. Beim Blackjack spielt man – so sieht es zumindest aus – gegen das Blatt des Croupiers. Gewinnt dieser, richtet sich der Zorn der Verlierer oft gegen ihn persönlich. Das macht den Croupier sehr vorsichtig. Vorsichtig macht ihn auch der Umstand, daß er von einer ganzen Hierarchie von Kasinoangestellten kontrolliert wird: Hinter ihm stehen Inspektor, Oberinspektor, Schichtboß und Kasinodirektor, von denen ihn jeder beim leisesten Verdacht, oder wenn er entgegen aller Wahrscheinlichkeit zu viel ›Pech‹ hat, entlassen kann.

Ein pensionierter Blackjackcroupier erzählte mir, daß man mit Hilfe eines zuverlässigen Komplizen ohne weiteres 20 000 Dollar im Jahr in die eigene Tasche leiten kann, ohne erwischt zu werden – vorausgesetzt, man wird nicht geldgierig. Das einzige Problem an dieser Theorie, sagt er, sei, daß eben niemand dagegen gefeit ist, geldgierig zu werden.

Den niedrigsten Rang unter den Kasinoangestellten nehmen die ›Anreißer‹ (in Las Vegas *shills* oder *starters* genannt) ein. Es sind dies Personen, die an den Spieltischen sitzen und den Spielbetrieb mit Kasinogeld in Gang bringen. Heutzutage werden sie vor allem an Baccaratischen eingesetzt. Man kann sie leicht daran erkennen, daß sie immer mit dem Mindesteinsatz spielen und stets gegen die Bank – es sei denn, sie hielten selbst die Bank.

Es gibt viele Geschichten über solche Anreißer. Erinnern Sie sich daran, daß ein *shill* nichts anderes ist als ein Statist, angestellt vom Kasino, die Spielerrunde um den Spieltisch aufzufüllen. Er spielt mit dem Geld des Kasinos; wenn er gewinnt, ist es das Geld dieses Kasinos. Wenn er verliert, ist es das Geld des Kasinos. Er bekommt vielleicht 150 Dollar in der Woche, ob er nun gewinnt oder verliert. Manche *shills* haben eine Glücksserie, die ihnen aber natürlich gar nichts nützt. Sie können Wochen und Wochen hindurch gewinnen, trotzdem geht das Geld an das Kasino. So riskieren sie unvermeidlicherweise ihre Gehälter in einem anderen Spielkasino und verlieren dort fast alles. Das ist aber durchaus normal.

Aber was wirklich Unannehmlichkeiten verursachen kann, ist, daß manchmal ein wirklich großer Spieler zu dem Schluß kommt, ein gewisser *shill* habe Glück, und nun zusammen mit diesem Anreißer wettet, wenn etwa der *shill* die Bank im Baccara hält. Nichts ärgert einen Kasinodirektor mehr, als zu sehen, daß sein Haus von einem großen Spieler ausgenommen wird, der sich an das ›Glück‹ eines *shills* angehängt hat. Manchmal bekommt auch ein *shill* einen schlechten Ruf, eben weil er Glück hat, und wird dann Schwierigkeiten haben, in Kasinos Arbeit zu finden.

Ein klassischer Fall ist die Geschichte eines jungen, wunderschönen Mädchens, das nach Las Vegas kam und dort einen Job als *shill* bekam, und zwar beim Baccara in einem der feinsten Hotels. Die bloße Tatsache, daß sie schön war, führte dazu, daß Spieler mit ihr setzten, sobald sie die Bank bekam. Sie hatte sehr viel Glück. Die ständigen Spieler am Baccaratisch räumten das Kasino buchstäblich aus. Der Chef des Kasinos war wütend. Doch interessierte er sich nun für sie und kam darauf, daß sie absolut ehrlich war. Sie zog keine Nummern ab – das heißt, sie ging nicht für Geld mit jemandem ins Bett – und hatte nicht einmal einen Freund. Der Kasinomanager kam zu dem Schluß, der Grund ihres Glücks sei, daß sie noch eine Jungfrau war. Er entschloß sich daher, sie, falls sie eine Jungfrau bleiben wolle, hinauszuwerfen. Wenn sie sich dagegen aber bereiterklärte, mit einem Kunden ins Bett zu gehen, so würde er sie behalten. Dies sagte er auch einem der Oberinspektoren, die den Baccaratisch beaufsichtigten. Aber wie sollte man dieses wohl anständige Mädchen dazu bringen, seine Jungfernschaft aufzugeben?

Der Oberinspektor brachte sie mit großen Spielern zusammen, bei denen es sich jedes Mal um eine 1000-Dollar-Note handeln würde, das heißt, daß das Mädchen für jede Intimität tausend Dollar bekommen würde. Das Mädchen aber lehnte ab und hatte weiterhin Glück beim Spiel. Nun überredete der Manager einen Spitzenstar aus dem Showbusineß, sich einmal um sie zu bemühen. Es nützte nichts, sie blieb standhaft – und glücklich. Schließlich schmiß sie der Kasinoboß hinaus und ließ das Wort umgehen, daß dieses Mädchen zu viel Glück habe und damit dem Kasino Unglück bringe. Das Mädchen mußte Las Vegas verlassen. Einer der Kunden kam einen Monat später wieder und fragte, warum sein Lieblings-*shill* weg sei. Der Kasinodirektor sagte ihm: »Schlechte Strahlungen!«

Die Tugend ist ihr eigener Lohn.

Die Kasinos bemühen sich nicht, die Tätigkeit der ›Anreißer‹ zu verbergen. Sie wissen, daß Spieler ein Gegenüber brauchen, jemand, der mit ihnen am Tisch sitzt, wenn sie spielen. Bei einem meiner Besuche in Las Vegas setzte ich mich zum erstenmal an einen Baccaratisch. Ein ruhiger, würdiger Herr saß in einem der Stühle. Plötzlich erschien ein weitaus besser gekleideter, weit eindrucksvollerer Mann und tippte ihm auf die Schulter. Der Spieler stand auf, und der andere nahm seinen Platz ein. Sofort reimte ich mir eine tolle Geschichte zusammen. Der Mann, der eben Platz nahm, war ein ›großer Fisch‹, der den anderen dafür bezahlt hatte, seinen Platz am Spieltisch zu halten. Ich wußte nicht, daß einfach ein ›Anreißer‹ den anderen abgelöst hatte.

Das alles gehört zum Tätigkeitsbereich eines Kasinodirektors. Er muß sich auch um die Spielgeräte kümmern, um die Roulettezylinder, die verwendeten Spielkarten und die Würfel. Alle Geräte tragen fortlaufende Codenummern. Es müssen alle möglichen Vorkehrungen getroffen werden, um zu verhindern, daß präpariertes Material ins Spiel geschmuggelt wird.

Ein Kasinodirektor muß auch die zum Teil exzentrischen Gewohnheiten jener Kunden kennen, die an den Spielautomaten spielen. Er muß wissen, daß aus irgendeinem Grund 10-Cent-Automaten nicht sehr beliebt sind. Die Leute spielen zuerst an 5-Cent-Automaten und gehen dann gleich auf 25-Cent-Automaten über.

Meine persönliche Theorie dazu ist, daß der Spieler im Grunde ein primitives Wesen ist. Es geht ihm einfach nicht in den Kopf, daß ein kleines, dünnes 10-Cent-Stück mehr wert sein kann als das schwerere und größere 5-Cent-Stück.

Der Kasinodirektor muß auch wissen, daß die Spielautomaten und in gewissem Maße auch die Roulettetische vor allem die Funktion haben, die Frauen und Freundinnen von ihren Männern wegzulocken, damit sich diese dem ungestörten Spiel an den Würfeltischen, dem Blackjack oder dem Baccara widmen können.

Der Kasinodirektor weiß sehr gut, daß Keno die billige Variante eines Glücksspiels ist, dem sich nur die ärmsten Spieler hingeben, die mit einem Einsatz von 60 Cent auf einen Gewinn von 25 000 Dollar hoffen. Obwohl der Hausvorteil bei Keno am größten ist, stammen die Kasinoeinnahmen nur zum geringsten Teil aus dieser Quelle.

Die Kasinodirektoren haben versucht, den Höchstgewinn bei Keno auf 100 000 Dollar zu erhöhen, doch die Spielbankenkommission von Nevada will nicht, daß Spieler gegen einen Hausvorteil von 20 Prozent ankämpfen müssen.

Der Kasinodirektor ist auch für den Kassenschalter verantwortlich, in dem eine Million Dollar an Bargeld und Jetons liegt. Die Jetons werden in den Kasinos jeweils zu Schichtende gezählt, dreimal alle 24 Stunden, Tisch für Tisch und genauso am Kassenschalter. Dies soll verhindern, daß gefälschte Jetons in großer Menge eingeschmuggelt werden. Auch die Inspektoren und Oberinspektoren müssen in ihrem Bereich stets ein Auge auf die Jetons mit hohem Wert haben.

Seine Untergebenen vorschiebend, muß sich der Kasinodirektor auch mit ›Reklamierern‹ abgeben. Diese in Las Vegas *claim agents* genannten Gäste sind Spieler, die sich darauf spezialisieren, einen Streit über einen Einsatz vom Zaun zu brechen. Einer der berühmtesten unter ihnen war Nick der Grieche. Bei ihm mußte ein Kasinodirektor imstande sein, genaue Grenzlinien zu ziehen: einerseits auf den Vorteil des Kasinos zu achten, andererseits Nick soweit entgegenzukommen, daß er in dem betreffenden Kasino weiterspielte. Schließlich war Nick der Grieche nicht nur als der größte Spieler seiner Zeit bekannt, er stand, was viel wichtiger war, auch im Rufe, der größte Verlierer seiner Zeit zu sein. Er war, soweit ich es beurteilen kann, der klassische ›besessene Spieler‹.

Der Kasinodirektor weiß, daß das Geld für sein Kasino dreimal gewonnen werden muß: zunächst am Spieltisch, ein zweites Mal von den Angestellten, die es unterschlagen, und schließlich durch das Eintreiben der Schuldscheine, der *markers* oder *IOU's*. Sie gelangen auf folgende Weise an das Kasino: In der Hitze des Spiels unterschreibt der Spieler – wie ein wahrer Gläubiger, der mit tiefreligiöser Überzeugung auf die Wiederkunft Christi wartet, auf eine Wendung des Glücks hoffend – einige Schuldscheine. Ohne sich zu versehen, hat er auf diese Weise zwanzig bis fünfzig Tausender verloren. Dabei ist der Spieler doch nur nach Las Vegas gekommen, um sich zu unterhalten und einen Tausender zu riskieren.

Unter dem heutigen Konzernmanagement geht die Macht der Kasinodirektoren etwas zurück. Ein richtiger Kasinodirektor scheut sich nicht, eine Million an Krediten zu vergeben und dabei 200 000 Dollar an uneinbringlichen Geldern zu verlieren, denn er sagt sich, daß dabei 800 000 Dollar eingegangen sind. Die weit konservativeren Geschäftsleute, die sich heute in Las Vegas breitmachen, sehen solche Methoden mit Entsetzen. Für sie sind die 200 000 Dollar verschenktes Geld. Sie ziehen es vor, nur 500 000 Dollar als Kredit zu geben, um davon 480 000 einzubringen und nur 20 000 zu verlieren. Hier hat man einen klaren Fall des Widerspruchs von Westküstendenken und Ostküstendenken vor sich. Nie werden diese beiden Anschauungen auf einen Nenner gebracht werden können.

Die Kasinodirektoren, die in der Spielertradition des alten Westens aufgewachsen sind, machten sich nie allzu große Sorgen wegen eines Kunden, der seine Schuldscheine nicht bezahlen wollte – solange er nur genügend Bargeld am Spieltisch verlor. Schließlich gaben sie dem Spieler ja kein wirkliches Bargeld in die Hand, mit dem er wegspazieren konnte, sie gaben ihm bloß Jetons zum Verspielen. Jetons also, die sich ohnedies in der Kasse wiederfanden.

Der Kasinodirektor muß sich auch um seine Inkassanten kümmern. Der Kasinodirektor muß sie immer wieder darauf aufmerksam machen, daß das Ziel beim Einmahnen und Eintreiben der Schuldscheine darin zu sehen sei, die Verlierer als Kunden zu behalten, selbst wenn der zurückgeholte Betrag unter dem Nennwert der Schuldscheine liegt.

Der Kasinodirektor trägt seinen Inkassanten auf, den Kunden nie zu Hause zu besuchen. Ein guter Inkassant soll Werbung für das Kasino machen, immer freundlich sein und stets versuchen, ein Arrangement zu treffen, das den Kunden nicht betrübt, selbst wenn er seine Schuldscheine nicht bezahlen kann. Auch ein Kunde, der pleite ist, bleibt für das Kasino durch sein potentielles zukünftiges Einkommen wertvoll. Natürlich gibt es besonders abgefeimte Schurken, die zwar bezahlen könnten, dies aber ablehnen, weil sie wissen, daß Spielschulden gerichtlich nicht eingeklagt werden können. In solchen Fällen werden die Inkassanten etwas unangenehmer mit dem Kunden. Natürlich dürfen sie keine Drohung ausstoßen und nichts Ungesetzliches unternehmen, aber es ist ihnen gestattet, ein wenig ihre Fantasie einzusetzen. So können sie zum Beispiel gegen einen angesehenen Geschäftsmann bei Gericht klagen, obwohl sie wissen, daß das Verfahren nichts einbringen wird. Aber es würde genügend Publizität entstehen, und das würde wiederum seinem Ruf als vertrauenswürdiger Geschäftspartner schaden.

Zuletzt gibt es noch das Finanzamt und die staatliche Spielbankenkommission von Nevada. Da im Falle von Schuldscheinen nicht einmal die Bruttosteuer abgeführt wird, ist die Spielbankenkommission sehr daran interessiert, daß das Kasino die Eintreibung von Schulden mit Hilfe gesetzlicher Mittel ernst nimmt. Dieselbe Spielbankenkommission spricht sich andererseits gegen eine Gesetzesänderung aus, nach der Spielschulden einklagbar würden. Das sieht wie ein Widerspruch aus, beruht aber auf klaren Überlegungen. Die Einklagbarkeit von Spielschulden würde dem Spielbankengeschäft in Nevada sehr schaden. Die Zeitungen wären voll von Nachrichten über Geschäftsleute, die ihre Unternehmen verspielten, Farmer, die ihre Farmen verloren, Arbeiter, denen der Lohn gepfändet wurde. Las Vegas würde zugrunde gehen und bald wie eine verlassene Goldgräberstadt aussehen. Auf der anderen Seite muß die Spielbankenkommission auf der Hut sein, daß nicht ein Hotel die Eintreibung der Schuldscheine nur halbherzig betreibt. Es wäre ja nicht auszuschließen, daß sich ein Kasino mit seinem Schuldner privat arrangiert.

Nehmen wir an, ein sehr guter Kunde schuldet einem Kasino 100 000 Dollar. Geht er vielleicht zum Direktor, steckt ihm 20 Tausender zu und ersucht ihn, seine Schuldscheine zu zerreißen? Man hat schon von Fällen gehört, wo Kasinodirektoren mit Spielern unter einem Hut steckten und sich gegen Provision über große Kredite geeinigt haben. Häufig kommen solche Dinge bei bekannten Unterhaltungsstars vor, die in Las Vegas für astronomische Gagen auftreten und dann ihr Geld beim Spiel verlieren. In früheren Zeiten hat die Direktion den Verlust einfach vom Einkommen der Schauspieler abgezogen. Die diesbezügliche Rechtslage hat sich aber geändert, und dem Hotel ist ein solches Vorgehen heute untersagt. Der Schauspieler muß sein Gehalt bekommen. Dadurch aber gerät das Hotel in ein Dilemma. Wenn es einen Star beschäftigt, der den Spielern Millionen von Dollars herauslockt, und der Schauspieler verliert ›nur‹ einige Hunderttausend, wie soll das Hotel auf einer Bezahlung bestehen? Ein Schauspieler, der 200 000 Dollar, die er nicht von der Steuer absetzen kann, verliert, muß 600 000 Dollar verdienen, um seine Schuld von 200 000 begleichen zu können. Feinfühlig wie er ist, geht ihm das gegen den Strich. Als beinharter Geschäftsmann teilt er dem Hotel folgendes mit: »Vernichten Sie bitte meine Schuldscheine, oder ich trete nicht mehr auf.« Geschäft ist schließlich Geschäft. Man findet eine Begründung, die Schuldscheine zu vernichten. Das soll nicht heißen, daß irgend etwas Gesetzwidriges geschieht. Das Hotel bemüht sich, eine Schuld einzutreiben; der Schauspieler weigert sich, zu zahlen. Eine gesetzliche Handhabe gegen ihn besteht nicht, denn Spielschulden können vor Gericht nicht eingeklagt werden.

Etwas anderes, was der Kasinodirektor unbedingt wissen muß, ist der Umstand, daß bei allen Glücksspielen, besonders bei Keno, das Tempo eine große Rolle spielt. Je schneller das Tempo, je mehr Spiele gespielt werden, um so größer sind die Gewinnchancen des Kasinos. Der prozentuelle Hausvorteil macht den Spieler fertig.

Wollten die Kasinos ihre Kunden betrügen, müßten sie folgendermaßen vorgehen:

Am einfachsten wäre es beim Würfelspiel. Sie brauchten nur beschwerte oder unregelmäßige Würfel zu verwenden. Dies geschah in den Spielhöllen Englands im 18. Jahrhundert recht häufig. Für gewöhnlich spätabends oder in den frühen Morgenstunden, wenn die Opfer bereits betrunken waren. Dazu kommt noch, daß die Einsätze beim Würfeln schnell aufeinanderfolgen. Selbst wenn man auf alle Zahlen setzt, kann man um die Gewinnchancen gebracht werden. Der Croupier könnte auch eine falsche Zahl ausrufen, zum Beispiel eine Sieben, und schnell den Würfel einholen.

Beim Roulette kann man wirklich leicht betrogen werden. Es gibt genügend Methoden, den Zylinder mit verborgenen Elektromagneten und die Kugel mit einem Eisenkern zu präparieren. Mit Druckknöpfen, die unter dem Tisch verborgen sind, kann der Croupier den Lauf der Kugel beeinflussen. So etwas käme in Las Vegas allerdings einem Selbstmord gleich.

Viel eher wird ein darin geübter Croupier den Roulettezylinder auf eine bestimmte Umdrehungsgeschwindigkeit bringen und die Kugel auf ganz raffinierte Weise werfen, um sie bei einer bestimmten Zahl zum Stillstand zu bringen. Das funktioniert nicht immer, wie man auch nur einen gewissen Zahlensektor, in dem die Kugel liegenbleiben soll, anvisieren kann, aber der Croupier kann den Hausvorteil doch um 5 bis 15 Prozent erhöhen. (Es schickt sich nicht, zu einem Croupier unhöflich zu sein.) Ein beliebter Trick besteht darin, den Roulettezylinder zu langsam zu drehen, so daß die Kugel einfach in die nächste Kerbe plumpst. Man achte deshalb darauf, daß der Zylinder schnell gedreht wird. Leider kann der Spielgast Größe und Gewicht der Kugel nicht überprüfen, was ebenfalls eine Rolle spielt.

Das Kasino kann Sie beim Blackjack betrügen, indem es einfach einen ›Kartenkünstler‹ (*mechanic*) einsetzt. Darunter versteht man einen Croupier, der so geschickt ist, daß er Ihnen ein Pik-As auf die Nase klebt, ohne daß Sie es überhaupt merken. Er kann Sie allein durch sein Mischen (›Packen‹) zum Verlierer machen, indem er nämlich die Karten in eine bestimmte Reihenfolge bringt. Sollte er das Kartenpaket zufällig nicht im Schuh versteckt haben, sondern in der Hand halten, kann er Sie durch den Trick mit der zweiten Karte aussteigen lassen. Dabei behält er die oberste Karte, von der er weiß, daß sie gut in sein Blackjackblatt paßt, und gibt dem Mitspieler die darunterliegende nächste. Es ist unmöglich, das zu sehen, da alles viel zu schnell vor sich geht. Wer aber genau hinhört, wird das Geräusch vernehmen, das entsteht, wenn die nächste Karte nach der obersten hervorgeholt wird. Kunden kann man ansonsten noch unter Drogen setzen, betrunken machen, ausrauben, erpressen und sogar um die Ecke bringen. Aber welchen Zweck sollte das alles haben? Sie, der Spieler, sind wie ein Ehemann, der eine Lebensversicherung für nur 2000 Dollar abgeschlossen hat. Sie sind mehr wert, wenn Sie am Leben bleiben, arbeiten und genügend Geld verdienen, um Jahr für Jahr spielen und verlieren zu können. Deshalb fällt den Kasinos auch immer etwas ein, wenn man ihnen viel schuldet. Es ist ein ganz großer Irrtum, zu glauben, daß Buchmacher und Kreditgeber im Kasino wütend werden, wenn jemand seine Spielschulden nicht bezahlt, und daß sie einem bankrotten Spieler die Knochen brechen. Ich kannte Buchmacher, die einem bankrotten Klienten Arztrechnungen bezahlt haben, obwohl er Tausende von Dollars schuldig war. Das geschah nicht aus Nächstenliebe, sondern aus Rücksicht auf den eigenen Besitz. Der Klient hatte Schulden, kam aber wöchentlich, um mit seinem Lohn zu spielen. Verlor er, so verlor er Bargeld. Gewann er, wurde der Gewinn zu 50 Prozent vom Schuldkonto abgezogen. Ein fanatischer Spieler gilt als ein gutes Stück zinsenbringendes Eigentum. Auf so etwas paßt man auf.

Vor Las Vegas braucht man also keine Angst zu haben. Man erhält dort eine faire Chance, und Las Vegas ist bestimmt der einzige Ort, wo es ehrlich zugeht. In Europa kann es vorkommen, daß ein Mitspieler – eine deutsche

Gräfin oder eine italienische Marquise – versucht, Jetons zu stehlen. Die Croupiers werden einen Spieler arg beschimpfen, wenn er gegen ihre Entscheidung protestiert. In Las Vegas kann so etwas nicht vorkommen. Niemand kann versuchen, Rouletteeinsätze an sich zu bringen, da jeder Spieler mit einer anderen Farbe spielt. Und kein Croupier wird einen Spieler beschimpfen (wenn dieser nicht selbst zu schimpfen anfängt), da man in Las Vegas ja einerseits dieselbe Sprache spricht und andererseits im Zweifel immer für den Spieler entscheidet. Der Oberinspektor wird einfach sagen: »Zahlen Sie!« Beim zweiten Aufruhr allerdings könnte es Ärger geben.

Die große Gefahr in Las Vegas sind Falschspieler, die das Kasino betrügen, dabei aber gleich einige unschuldige Mitspieler mitnehmen und so das Kasino mit dem Gesetz in Konflikt dringen. (Mancher Kasinodirektor verbringt schlaflose Nächte, weil er sich einbildet, ›zehn Millionen Besucher wollen mich bestehlen‹.) Wenn ein Spieler ein gefälschtes Paar Würfel in das Spiel einschmuggelt und die Spielbankenkommission diese Manipulation entdeckt, wird dem Kasino die Bewilligung entzogen. Obwohl selbst betroffen, ist das Kasino für den Vorfall verantwortlich.

Beim Roulette hat ein Falschspieler keine große Chance. Er könnte eine magnetische Kugel einschmuggeln, doch prüft der Croupier die Kugel von Zeit zu Zeit an einem Metallstück, das eben zu diesem Zweck in den Tisch eingelassen ist. Er könnte auch versuchen, in das Depot zu gelangen und einen Roulettezylinder zu präparieren, indem er dünne Bleiplättchen in bestimmte Fächer einlegt, wodurch die betreffenden Zahlen schwerer gewinnen können, da die Kugel in diese Fächer nun weniger gut hineinpaßt. Er würde in einem solchen Fall auf die anderen Zahlen setzen.

Ein leichterer Fall von Betrug beim Roulette liegt vor, wenn man so tut, als zählte man seine Jetons, und legt dann, nachdem die Kugel auf eine Zahl zu liegen gekommen ist, schnell einen zusätzlichen Jeton dazu.

Für Wissenschaftler eröffnen sich faszinierende Aspekte. Die chemischen Eigenschaften und Reaktionen von roten und schwarzen Lackarten sind verschieden. Schwarzer Lack hat die Tendenz, den Holzboden eines Faches zu härten, was dazu beitragen könnte, daß die Kugel noch ein Fach weiter rollt. Aus diesem Grunde sei mit Rot eher zu gewinnen. Der rote Lack frißt sich hingegen tiefer in das Holz ein, verringert die Elastizität des Fachbodens und führt so dazu, daß die Kugel weniger leicht springt und eher liegen bleibt. Das ist freilich nicht mehr als eine Hypothese, denn die statistische Streuung ist gering. Auch wurden bisher keine Tests durchgeführt, die diese Vermutung erhärtet hätten. Nach meiner Ansicht ist Rot die lebendigere Farbe, weshalb der Spieler glaubt, auf Rot zu setzen sei gewinnbringender.

Es ist zulässig, das Kasino zu schlagen, wenn dieses mit seinen Spielgeräten nachlässig umgeht. Ein Sprung im hölzernen Boden des Roulettezylinders unter dem mittleren Fach kann einem Spieler einen Vorteil bringen, wenn er das Rad lange genug beobachtet. Ähnlich ist es, wenn sich die Trennwände lockern. Spielerteams in Europa und Las Vegas haben das Drehverhalten bestimmter Roulettezylinder genau studiert und hohe Gewinne erzielt, aber die Kasinos entdeckten dies bald und zogen die Roulettezylinder aus dem Verkehr. Im allgemeinen können aber nicht einmal solche Fehler einen Mindesthausvorteil von 5 Prozent verhindern. Wer ein Kasino betrügen oder auf legitime Weise übervorteilen will, soll sich nicht mit Roulette abgeben. Roulette ist im Grunde ein Anfängerspiel. In den frühen Tagen des Roulettes wollte man die Amerikaner über den hohen Hausvorteil, der durch die Einführung der Doppel-Zero entstanden war, hinwegtäuschen und führte das sogenannte ›Mäuschen-Roulette‹ ein. Dabei wurde die Kugel durch eine Maus ersetzt. Es gewann jene Zahl, in deren Kerbe sich die Maus versteckt hatte. Man sieht, welch verrückte Ideen einem Spielergehirn entspringen können.

Das meiste Geld machen die Kasinos mit den Spielautomaten: Geldstück für Geldstück, ob es nun 5, 10, 25 Cent oder ein Dollar sind. Sie erfinden immer modernere und auffälligere Automaten mit allen möglichen Symbolen zur Anzeige des Gewinns. Früchte, Stäbchen und andere Symbole in den verschiedensten Farben wirbeln zum Vergnügen der Spieler durch das Blickfenster der Spielautomaten. Ein wahrhaft kindliches Vergnügen für Erwachsene. Allerdings stellen die Spielautomaten, die den Kasinos das meiste Geld bringen, auch das größte Sicherheitsproblem dar.

Eine Zeitlang konnten die Spieler die Automaten mit der sogenannten ›Rhythmusmethode‹ auf zulässige Weise schlagen. Sie betätigten den Handgriff unmittelbar nach Ablauf eines Spiels und brachten so die innere Mechanik in Unordnung. Dadurch bekamen sie die Tourenzahl des Räderwerks unter Kontrolle. Dies wurde erst durch die Einführung einer neuen Regeleinrichtung unmöglich gemacht. Dennoch liegt die einzige Möglichkeit, die Spielautomaten vor Betrügern zu schützen, in der ständigen Überwachung des mechanischen Systems.

Andere Spezialisten für Spielautomaten stecken ein Stück Draht in eine der kleinen Öffnungen an der Vorderseite, um so die Räder festzuhalten. Besonders ehrgeizige Schwindler verwenden einen batteriebetriebenen Handbohrer, mit dem sie das Loch für den Draht bohren. Primitivere Typen versuchen ihr Glück durch fortgesetztes Schlagen auf den Handgriff. Besonders schlaue ›Glücksspielmechaniker‹ lassen einen Eiswürfel in den Automaten fallen, um durch das schmelzende Eis irgendwie den Lauf der Räder zu beeinflussen.

Man schätzt, daß Nevada über mehr als 60 000 Spielautomaten und fast 3000 Spieltische verfügt. Man kann Spielautomaten auch als Andenken mitnehmen: Einen schon ziemlich mitgenommenen Automaten bekommt man um zirka 150 Dollar. Das Problem ist nur die Instandhaltung.

Professionelle Poussetteure – so nennt man Falschspieler und Schwindler – kaufen Spielautomaten in der Absicht, sie zu zerlegen und ihre Schwachstellen zu studieren. Sie haben kleine Bohrgeräte entwickelt, mit denen sie die Seitenwände geräuschlos anbohren und die Münzen herausholen können. Spielautomaten stehen bekanntlich in allen Läden, Imbißstuben und dergleichen. Jedes verfügbare Plätzchen in den Kasinos ist mit ihnen ausgestopft. Deshalb ist es etwas schwierig, diese ›Bohrfachleute‹ zu erwischen, doch beschäftigen die Kasinos Wachleute in Zivil, die laufend Rundgänge machen.

Ein weiterer, relativ bedeutungsloser Trick ist das Einwerfen von billigen ausländischen Münzen, besonders mexikanischen, anstelle von amerikanischen.

Die interessanteste Methode jedoch scheint mir die Verwendung von Magneten zu sein. Mit Hilfe eines Magneten ist es möglich, die Drehbewegung der Räder im Spielautomaten zu beeinflussen. Da gab es einmal den Fall, daß ein Ehepaar die Spielautomaten richtig ausplünderte. Dabei stand der Mann vor dem Automaten und spielte, seine Frau stand hinter ihm. Als man das Paar festnahm, fand man in der Handtasche der Frau einen 35 Kilogramm schweren Magneten, der stark genug war, einen Spielautomaten dazu zu bringen, Männchen zu machen. Als ein Polizist aus schierer Neugier fragte, wie die zierliche Frau einen so schweren Magneten den ganzen Tag herumschleppen könne, antwortete sie mit charmantem Lächeln: »Durch Übung.«

Den Betrug an den Spielautomaten zu verhindern ist eine Frage von genügend – ehrlichem – Personal, das die Geräte überwacht.

Die Mechaniker, die die Automaten betreuen, stellen die Rückgabequote ein, das heißt den Gewinn- und Verlustprozentsatz. So kann man einen Automaten etwa so einstellen, daß man im Durchschnitt zehn Minuten spielt, bis man einen Dollar verloren hat. Die Spielautomatenmechaniker besitzen die Schlüssel zu den Automaten. Ihr Wert ist nicht in Gold aufzuwiegen. Sollte sich deswegen ein Mechaniker auch nur die geringste Manipulation erlauben, ist er seinen – im übrigen sehr gut bezahlten – Job für immer los.

Das Spiel, das einem Kasino die höchsten Verluste zufügen kann und deshalb auch die meisten Sorgen wegen der geheiligten Barreserven bereitet, ist Blackjack. Blackjack kann dem Kasino auf zweifache Weise gefährlich werden. Einerseits ist Blackjack das Spiel, bei dem Spieler und Croupiers das Kasino am leichtesten offen betrügen können. Andererseits – man kann es glauben oder nicht – ist Blackjack das einzige in Kasinos gespielte Glücksspiel, bei dem der Spieler keinem unüberwindbaren Hausvorteil gegenübersteht, bei dem es also, mit anderen Worten, mathematisch möglich ist, das Kasino zu besiegen.

Fast stets versucht beim Blackjack der Spieler das Kasino zu betrügen, nicht umgekehrt. Fast immer geschieht dies mit Hilfe eines Kasinoangestellten, für gewöhnlich des Croupiers. In manchen Fällen hatte sich der Croupier auch der Hilfe eines Inspektors oder Oberinspektors versichert. In Las Vegas nennt man das *dumping out*, also ›betrügerisch auszahlen‹.

Nennen wir es aber einfach das gute alte Partnerprinzip in der Welt des freien Unternehmertums Amerikas. Der Blackjackcroupier macht halbe-halbe mit einem ihm befreundeten Spieler, dem *crossroader* (Komplizen). Mit Hilfe einiger Zeichen kann der Croupier dem Spieler signalisieren, welche Karte verdeckt vor ihm liegt. Sobald dies der Spieler weiß, nehmen seine Gewinnchancen rapide zu. (Der Vorteil des Kasinos besteht bekanntlich ja darin, daß der Spieler seine Karten zuerst aufdecken muß und dabei natürlich riskiert ›auszusteigen‹.) Hat der Croupier eine Zehn, eine Sieben, eine Acht oder Neun, gilt nach Computerberechnungen, daß ein Spieler mit weniger als siebzehn einsteigen muß, selbst wenn er das Risiko des Totalverlustes eingeht. Hat der Croupier in seinem Blatt alles von einer Zwei bis zu einer Sechs, und der Spieler hat ein Blatt, das er gleich abwerfen kann, dann sollte der Spieler passen und darauf warten, daß der Croupier sich überkauft. Wenn aber nun der Croupier tatsächlich so ein gutes Blatt hat und dem Spieler signalisiert, daß dieser mit seinem Blatt wahrscheinlich überhaupt keine Chance haben wird – zum Beispiel eine Zehn in der Hand, aber eine Zwei bis eine Sechs dazu –, dann kann der Spieler eben passen und braucht nur zu warten, bis der Croupier einfährt. Wer sich mit einem Croupier über ein derartiges Arrangement verständigen kann, hat eine Verdienstquelle erschlossen, die besser ist als eine Lizenz für den Heroinhandel.

Der Croupier kann seinem Verbündeten auf verschiedene Weise Signale geben. Zunächst muß man bedenken, daß die Kasinodirektoren nicht von gestern, sondern schlaue Füchse sind. Viele von ihnen waren selbst einmal Croupiers und haben wohl auch dem Glück ein wenig nachgeholfen. Sie wissen also gleich, wieviel es geschlagen hat. Deshalb darf ein Croupier die vor ihm liegende verdeckte Karte nur dann anschauen, wenn er als offene Karte eine Zehn oder ein As hat. Die Kasinos haben Fernsehkameras, die den Croupier überwachen, einen Inspektor, der hinter dem Croupier postiert ist, und einen Oberinspektor, der laufend Kontrollen macht. Auch der Schichtboß mischt mit. Falschspielen wird dadurch sehr erschwert. Die Signale müssen äußerst subtil sein, sonst verliert der Croupier seinen Job. Freilich sind die Strafen nicht mehr so hart wie in früheren Zeiten, als man einem betrügerischen Croupier durchaus auch alle Finger gebrochen hätte. Heute wird er entlassen und hat es dann sehr schwer, noch einmal eine Anstellung in der Spielbankenbranche zu finden.

Manchmal findet sich eine ganze Bande von Falschspielern zusammen, um ein wirklich großes Ding zu drehen. Zusammen mit einem Croupier, versteht sich. Dazu braucht man zunächst einen Kartenschlitten und Spielkarten, die denen des Kasinos zum Verwechseln ähnlich sind. Der Schlitten wird sodann mit ›gepackten‹ Karten, das heißt in einer bestimmten Reihenfolge, bestückt. Die sechs Mitglieder der Bande, für gewöhnlich fünf Männer und eine Frau, besetzen dann für sich allein einen Blackjacktisch. Ein weiterer Verbündeter bricht an einem anderen Tisch einen Streit vom Zaun, um die Aufmerksamkeit der Inspektoren auf sich zu lenken. In diesem Augenblick zaubert das weibliche Bandenmitglied den präparierten Schlitten aus ihrer Handtasche auf den Tisch und tauscht ihn gegen den des Kasinos aus, den sie ebenso schnell in ihrer Handtasche verschwinden läßt. Der in den Coup eingeweihte Croupier blickt weg. Wenn der Streit am anderen Tisch beruhigt und die Ordnung wieder hergestellt ist, kehrt alles zu seinem gewohnten

Gang zurück. Die sechs Poussetteure spielen um hohe Einsätze, gewinnen und erhalten ihr Geld unter den zwar wachsamen, aber nichts ahnenden Augen der Inspektoren. Wenn sich der Kartenvorrat im Schlitten dem Ende nähert, haben die Falschspieler vielleicht schon hundert Tausender eingestreift. Inzwischen ist die Frau mit dem in ihrer Handtasche versteckten Beweisgegenstand verschwunden. Selbst wenn die Kasinoangestellten nun Verdacht schöpfen (sie tun es zu diesem Zeitpunkt bereits), gibt es für sie keine Möglichkeit mehr, einen Nachweis über das Falschspiel zu erbringen.

Ein weiterer Trick besteht darin, einen Spiegel in den Kartenschlitten zu schmuggeln, der die nächste Karte sichtbar macht. Nur jemand, der danach sucht, wird einen solchen Spiegel bemerken. Der Croupier, der auch in diesem Falle mit von der Partie sein muß, rückt den Schlitten so zurecht, daß nur sein Verbündeter den Spiegel in den Blick bekommt. Auf diese Weise wurde schon viel Geld abgeräumt, doch ist die Methode gefährlich, weil der Spiegel von einem Inspektor entdeckt werden kann und dann zum gerichtlichen Beweisstück für einen Betrug wird.

Natürlich kann man ein Kasino auch direkt bestehlen, durch Taschenspielerkunststücke. Manche Croupiers trugen Unterhosen nach Art der alten Damenunterwäsche mit Gummizügen oben und unten: Sie ließen einfach einen 100-Dollar-Jeton in diese Hose gleiten, der sich am Bund auffing: Das nannte man ›U-Boot‹. Man hat auch einen Croupier dabei erwischt, als er in seine zu diesem speziellen Zweck angefertigte überdimensionale Armbanduhr Jetons von hohem Nominale verschwinden ließ. Freilich wußte der Gute nie, wieviel Uhr es geschlagen hat, da das Stück kein Uhrwerk besaß. Es gab auch einen speziell angefertigten ›Jeton-Stapel‹, der wie fünf aufeinanderliegende Jetons aussah. In Wirklichkeit war er hohl und hatte eine Federeinrichtung, mit der der Croupier 100-Dollar-Jetons aufschnappen und an einen Verbündeten weiterleiten konnte, der sie am anderen Ende des Tisches umwechselte. Was wie ein Stapel von 5-Dollar-Jetons aussah, war in Wirklichkeit ein hohler Gegenstand, in dem vier 100-Dollar-Jetons verborgen waren.

Computerberechnungen haben nachgewiesen, daß Blackjack das einzige Kasinospiel ist, bei welchem der Spieler das Kasino auf legale Weise schlagen kann.

Wissenschaftler der Atomenergie-Laboratorien von Los Alamos in New Mexico haben diese Berechnungen während der Stehzeiten der Computer durchgeführt. Auf dem Versuchsgelände der Armee in Maryland hat ein gewisser Bob Bamford ein elektronisches Zauberkästchen gebaut, dessen Computergehirn ihm Weisung gab, wann er mitgehen sollte und wann nicht. Er behauptete, damit einen fünfprozentigen Vorteil herausgeschlagen zu haben. Er gewann ein paar Hundert Dollar, wurde aber dann vor die Tür gesetzt. Edward Thorpe veröffentlichte ein Buch, das auf der Basis von Computeranalysen Anweisungen enthielt, wie man den Croupier schlagen kann. Das Buch war offenbar ein Erfolg, da die Kasinos eine Zeitlang die Blackjackregeln änderten.

> BESONDERER HINWEIS: Unter Umständen sind jene wenigen Spieler erfolgreicher, die sich die genaue Reihenfolge der Karten, wie sie aus dem Schlitten genommen werden, merken können. Ansonsten helfen alle diese ›Systeme‹ nicht viel, denn wenn es wirklich jemandem gelingt, den Croupier zu schlagen, ändert man sofort die Regeln oder mischt die Karten nach jeder Runde neu.

Beim Blackjack setzen die Kasinos immer mehr elektronische Vorrichtungen und Computer ein, um sich vor Verlusten zu schützen. Fernsehkameras über den Tischen gehören bereits zur Standardausrüstung, und immer mehr elektronische Überwachungseinrichtungen kommen zur Verwendung.

IV

Die Frauen von Las Vegas
Charakterskizzen

Die Frauen von Las Vegas

Las Vegas hat mehr schöne Frauen als jede andere Stadt vergleichbarer Größe auf der Welt. Möglicherweise sogar ebenso viele schöne Frauen wie jede andere beliebige große Stadt der Welt. Der Grund dafür ist ganz einfach und nur scheinbar zynisch: GELD und schöne Frauen ziehen einander an wie zwei Magneten. Besonders das locker sitzende Bargeld, das sich wie aus einem Füllhorn über Las Vegas ergießt.

Die Mädchen und Frauen kommen aus allen Teilen der Vereinigten Staaten, ja aus allen Teilen der Welt. Sie kommen auf vielerlei Wegen und mit vielerlei Absichten. Es gehört bereits zum amerikanischen Brauchtum, daß das hübsche Mädchen jeder kleinen oder größeren Stadt nach Hollywood geht, um dort zu Ruhm und Reichtum zu gelangen. Wenn die junge Dame auf dem besten Weg zu einer Starkarriere einmal in Las Vegas vorbeigekommen ist, dann ist es sehr wahrscheinlich, daß sie später Las Vegas auf dem Heimweg – trauriger und abgeklärter geworden – zum Ausgangspunkt ihrer neuen Laufbahn macht. Da sie nicht erfolglos heimkehren will, bestehen gute Aussichten, daß sie in Las Vegas bleibt, um dort ihr Glück auf eine Art zu machen, die kein so außergewöhnliches Talent verlangt.

Das klingt recht abwertend für solche Frauen, soll es aber gar nicht sein. In unserer Gesellschaft ist die Schönheit einer Frau das wichtigste Kapital, das sie besitzt. Einer Frau sind so viele Aufstiegsmöglichkeiten versperrt, daß sie, wenn sie schön ist, ihren Körper, ihr Gesicht und ihren Charme als Mittel, zu Reichtum zu kommen, einsetzen muß. Unsere Männergesellschaft ermutigt sie dazu, und unser Gesellschaftssystem hat sie darauf festgelegt. Für viele Frauen ist das nicht unbedingt eine glückliche Lösung.

Viele von den Tausenden Frauen, deren Träume in Hollywood zerbrechen, kommen nach Las Vegas und werden zu hochfeinen Callgirls. Andere werden zu Edelnutten. Darunter versteht man Frauen, die sich auf einwöchige Beziehungen mit Männern einlassen, bis sie einen Stall von etwa zwanzig Verehrern besitzen, die sie zwar nicht für jedes sexuelle Abenteuer bezahlen, ihnen aber Geschenke sowie Geld zum Spielen geben und sie manchmal auch heiraten.

Las Vegas zieht viele Frauen an, weil die Hotels Bedarf an hübschen Mädchen für ihre Nachtklubs haben. In den Shows produzieren sich ausgezogene Schönheiten, die allein wegen ihres schönen Körpers engagiert werden. Sie benötigen keine tänzerische Ausbildung. Die wirklichen Tänzerinnen bilden eine eigene Gruppe besonders talentierter Mädchen, von denen viele eine ausgezeichnete Ausbildung mitbekommen haben und ihre Tanzkunst mit großem Stolz ausüben. Sie alle arbeiten sehr hart und sind so tugendhaft wie die Mädchen zu Hause, was freilich nicht heißen soll, daß sie zum örtlichen Jungfrauenverein zu zählen sind. Viele von ihnen sind mit Croupiers oder Musikern verheiratet, und man wäre erstaunt, wenn man hörte, wie viele dieser erotisierenden Schönheiten Mütter von drei oder vier Kindern sind. Es wäre gelogen, zu behaupten, keine von ihnen wäre für einen Spieler mit dicker Brieftasche zu haben, doch sind weniger dazu bereit, als man allgemein denkt.

Dann gibt es die Cocktail-Hostessen. Eine hübsche Serviererin kann enorme Trinkgelder verdienen. Früher erwartete man von ihnen, daß sie mit guten Kundschaften ins Bett gingen, wenn sie ein Kasinomanager dazu anhielt.

Andere Mädchen sind beschäftigt, die Baccaratische zu bevölkern und mit dem Geld des Kasinos zu setzen, wenn gerade wenig los ist. Einige von ihnen sind zu haben, andere wieder nicht. Sind sie aufreizend gekleidet und lächeln sie viel, kann der gute Kunde für gewöhnlich mit dem Kasinodirektor etwas arrangieren.

Nachschub kommt auch in Form von ›Weekend-Callgirls‹. Dabei handelt es sich um modern denkende junge Damen, die während der Woche einem ›bürgerlichen‹ Beruf in Los Angeles oder Salt Lake City nachgehen. Sie arbeiten zum Beispiel als Sekretärinnen, Maniküren oder Zahntechnikerinnen. Vielleicht beginnt es damit, daß sie auf ein Wochenende mit einem Freund oder auch mit einer Freundin zur Unterhaltung nach Las Vegas fahren. Die Glücksspielmanager von Las Vegas haben ein scharfes Auge für solche Mädchen. Sie ziehen sie in ein charmantes Gespräch, laden sie zum Essen und zu einer Show ein und überreichen ihnen dann ihre Visitenkarte mit der Bemerkung, sie anzurufen, wenn sie wieder nach Las Vegas kommen und irgend etwas brauchen. Kommen die Mädchen dann wirklich einmal allein, macht man für sie ein Rendezvous mit einem ›potenten‹ Spieler aus. Alles freiwillig, ohne Mädchenhandel und Zuhälterei. Dann passiert es eben, daß sich ein solches Mädchen blendend unterhält – mit einem Textilkönig aus New York oder einem Beinahemillionär aus Texas. Man geht gemeinsam essen und besucht die besten Shows, er gibt ihr etwas Geld zum Spielen. (Ein Gentleman in Las Vegas läßt eine Dame nie mit ihrem eigenen Geld spielen.) Ist der Mann nicht ein kompletter Spielverderber oder aber ein verderbter Spieler, geht man natürlich miteinander ins Bett und verbringt das Wochenende zusammen. Am Montagmorgen fliegt das Mädchen zurück nach Los Angeles oder Salt Lake City – ohne Probleme: Hat die Dame beim Spiel gewonnen, kann sie ein Monatsgehalt aufs Sparbuch legen. Hat sie verloren, gibt ihr jeder wahre Gentleman ein Abschiedsgeschenk in bar. Sie verlebt jedenfalls ein aufregendes, angenehmes Wochenende in der Gesellschaft eines interessanten Mannes. Meist ist der Mann zwar älter, vielleicht auch etwas korpulenter und glatzköpfiger, als es nach ihrem Geschmack wäre, aber oft doch interessant. Zu Hause nimmt sie den Faden ihres bürgerlichen Lebens wieder auf. Jeder hält sie für ein nettes Mädchen, und ihr örtlicher Galan schenkt ihr Blumen, achtet sie und bittet sie, seine Frau zu werden. Es könnte nicht besser sein: Sie kann beides haben.

Nur wenige Frauen – und übrigens auch Männer – können einer derartigen Versuchung widerstehen. Ist die Dame besonders charmant und von außerordentlichem Reiz, wird der Kasinodirektor sie auch eines Ferngesprächs für wert erachten, wenn ein besonderer ›Fall‹ eintritt. Wenn zum Beispiel ein Multimillionär aus dem Ölgebiet von Oklahoma kommt, der gerne spielt und für das Wochenende Gesellschaft beim Abendessen wünscht.

Es gibt für die junge Dame keinerlei Zwang, mit einem Mann zu schlafen. Wenn sie den betreffenden Herrn wirklich nicht mag, bedankt sie sich für den netten Abend und geht allein auf ihr Zimmer. Aber unter den geschilderten Bedingungen muß er freilich ein besonders unleidlicher Typ sein, wenn sie nicht herumzukriegen ist.

Wie endet die Geschichte für die junge Dame? Da gibt es viele Möglichkeiten. Zunächst kann es sein, daß sie genug vom flotten Leben in Las Vegas bekommt, zu Hause bleibt, einen Geschäftsmann aus der Umgebung heiratet und als Hausfrau und Mutter lebt. Sie könnte aber auch nach Las Vegas übersiedeln, um dort ausschließlich als erstklassiges Callgirl zu ›arbeiten‹, oder in einem Büro in Las Vegas tätig sein, vielleicht auch als Croupier. Manche werden ›eingefleischte‹ Spielerinnen, manche Tänzerinnen.

Ist die Dame sehr attraktiv und erwirbt sie sich den Ruf, wirklich charmant zu sein (charmant bedeutet hier einfach liebenswürdig), ein unkompliziertes Naturell zu besitzen sowie die Bereitschaft, in der Nähe zu sein, während der Mann spielt, und nie Kopfschmerzen zu haben, wenn er plötzlich Lust auf Sex verspürt, und ist sie dabei auch noch diskret, so schafft sie einen Platz auf der Exklusivliste der Hotelbesitzer. Ist sie einmal auf einer solchen Liste, braucht sie sich über ihre weitere Karriere nicht weiter den Kopf zu zerbrechen: Nichts schützt sie besser vor der Stumpfsinnigkeit und Oberflächlichkeit der herrschenden Gesetze.

Eine neue, reich fließende Nachschubquelle ist die Abenteuerlust amerikanischer Mädchen, die sich nicht mehr dem öden Los von Heirat, Mutterschaft und Sorge um den Mann ergeben, sondern – vom Hafer gestochen – ausziehen, um ihren Spaß zu haben und etwas zu erleben. Aus ihnen werden gewöhnlich Prostituierte und Callgirls. Sie müssen zunächst die Bräuche von Las Vegas lernen. Keine Zuhälter. Keine Erpressung. Kein Griff in fremde Brieftaschen. Halten sie sich nicht an diese Regeln, endet ihre Karriere auf dem kurzen Weg, wie ihn das Gesetz befiehlt. Schließlich gehört das Geld, das sie stehlen, ja den Kasinos, es befindet sich nur zeitweilig im Besitze des Kunden. So zumindest lautet die Arbeitshypothese der Spielkasinos. Habgierige Mädchen stehlen, was eigentlich den Kasinos gehört.

Über Frauen zu schreiben, die ihren Körper gegen Geld verkaufen, ist schwierig. Einerseits regt es die Moralapostel auf, andererseits bringt es die Frauenbefreiungsbewegung auf die Palme. In der Hoffnung, beide zu beruhigen, erzähle ich im folgenden drei wahre Geschichten über typische Callgirls in Las Vegas. In zweien von ihnen geht es für die Mädchen schlecht aus. In der dritten behält das Mädchen triumphierend die Oberhand über eine Männergesellschaft, die es in sexuelle Fesseln gezwungen hat.

Beim Schreiben dieser Geschichten fiel es mir schwer, alle jene Ausdrücke zu verwenden, die in unserer gegenwärtigen ›Gesellschaft‹ zu den üblichen Definitionen in diesem Metier geworden sind. Wir geben Frauen, die sich für Geld verkaufen, heutzutage Namen, die mir grausam vorkommen. Die Ausdrücke ›Hure‹, ›Prostituierte‹, ›Callgirl‹ und ›Nutte‹ erscheinen mir doch ein wenig unfair in einer kapitalistischen Gesellschaft, in der sich die angesehensten Bürger unter uns weit zweifelhafterer Methoden bedienen, um zu Geld zu kommen. Den in Las Vegas verwendeten Ausdruck ›berufstätiges Mädchen‹ (*working girl*) finde ich allerdings versnobt. Ich habe mich bemüht, eine neue Bezeichnung zu finden, aber ohne Erfolg.

Die Krankenschwester

Janet war ein süßes kleines Mädchen von vierundzwanzig Jahren, das früher als Krankenschwester in einem Spital von Las Vegas gearbeitet hatte. Irgendwann einmal entwickelte die junge Dame einen Hang zum Glücksspiel. Aber sie empfand auch eine wirkliche Freude an der Krankenpflege. Darüber hinaus verfügte sie über einen unbändigen Sexualtrieb. Und sie war schließlich sehr puritanisch erzogen worden. Das alles zusammen brachte ihr Gefühlsleben ganz schön durcheinander.

Janet hatte einen schönen Körper, kurz geschnittenes blondes Haar und ein Gesicht, jungfräulich wie ein Pfirsich. Aber ihr größtes Talent besaß sie in ihrem warmherzigen Naturell. Eines Abends erlitt ein reicher, dem Spiel verfallener Besucher von Las Vegas in der Hitze des Würfelspiels einen plötzlichen Herzanfall. Unter heftigem Protest wurde er in Janets Krankenhaus eingeliefert, wo sie ihn pflegte. Es entwickelte sich eine Freundschaft, und als er entlassen wurde, gab er Janet ein hübsches Geschenk und lud sie ein, ihn weiter zu pflegen, während er sich am sonnigen Strand des Karibischen Meers erholte. Janet gab ihren Job auf und begleitete ihn. Der Spieler erholte sich wieder vollständig und wurde, nachdem der Arzt sein O. K. gegeben hatte, Janets Liebhaber. Als Systemspieler fühlte er sich bei Janet geborgen. Ging irgend etwas schief, wenn sie gemeinsam im Bett lagen, wußte sie genau, was zu tun sei. Sie hatte die richtigen Behandlungsmethoden und Medikamente parat. Während er spielte, überwachte sie periodisch seinen Puls und wußte alle physischen Anzeichen eines herannahenden Anfalls frühzeitig zu deuten. Sie war eine hervorragende Krankenschwester, im Bett großartig und ein süßer, stets gut aufgelegter ›Spiel‹gefährte. Der besessene Spieler hatte das Mädchen seiner Träume gefunden.

Unglücklicherweise überkam den Spieler ein Schuldgefühl, und er fuhr nach Hause, um einige Zeit mit seiner Frau und seinen Kindern zu verbringen und ein wenig auf sein gutgehendes Unternehmen in der Fleischkonservenbranche zu sehen. Während dieser in zurückhaltender Lebensweise und vorwiegend sitzend verbrachten Zeit als pflichtgetreuer Gatte, Vater und Unternehmer erlitt er einen schweren Herzanfall. Vielleicht hätte ihn die Anwesenheit seiner Krankenschwester vor dem Tode bewahren können. Als der Arzt kam, war es bereits zu spät.

Janet war von Schuldgefühlen und Gewissensbissen so überwältigt, daß sie wieder ihren Job als Krankenschwester in Las Vegas antrat. Sie war eine so pflichtbewußte Krankenschwester gewesen, daß sie sogleich an ihre alte Arbeitsstätte in der Intensivstation zurückkehren durfte.

Der verstorbene Freund hatte ihre Tugenden unter allen Spielern verbreitet und gerühmt. Als sie am nächsten freien Abend in ihren Lieblingskasinos spielen wollte, überschlugen sich die Direktoren mit Liebenswürdigkeiten. Sie luden sie zu allen Shows, zum Essen und auf Drinks ein. Alle ihre Bekannten und Verwandten erhielten freien Aufenthalt. Sie war zum Lieblingskind der Spielwelt aufgestiegen. Sie galt als süßes, im Bett besonders aufmerksames Callgirl, das immer guter Laune war, niemanden betrog, sich niemandem aufdrängte, wirklich nicht geldgierig war, von enthusiastischer Bereitwilligkeit im Bett und mit einem Klaps dazu zu bringen, Spieler vor dem Herzinfarkt zu retten, der sie am Spieltisch stets zu überfallen drohte. Kurz gesagt, sie war die ideale Wochenend-Mätresse. Nur ein einziges Mal in ihrer Laufbahn wurde sie wirklich zornig. Ein von einem verrückten Aberglauben besessener Spieler verlangte von ihr, sie solle ihre Schwesterntracht und ihr Häubchen am Würfeltisch anlegen. Sie spuckte ihm ins Gesicht, und der Manager ließ den Spieler unsanft an die frische Luft setzen.

Janet, oder wie man sie fast ausschließlich nannte, die ›Krankenschwester‹, wurde bald zu einem Mythos in der Stadt. Sie war eine der ganz wenigen Frauen – in Las Vegas sind sie zumindest selten –, die vielleicht einen Verlierer mehr liebten als einen Gewinner. Einige ihrer ›Fälle‹ wurden zu bekannten Geschichten in Las Vegas.

So zum Beispiel ihre Beziehung zu einem reichen Wäschefabrikanten, der nach Las Vegas kam, um seine Sorgen zu vergessen. Seine Firma war daran, Pleite zu machen (man frage nicht, woher er das Geld für das Spiel genommen hat, verzweifelten Männern gelingt das immer), seine Frau wollte sich scheiden lassen und hatte sich seines Hauses auf Long Island und seines neuen Cadillac bemächtigt. Seine Tochter war mit einem schwarzen Homosexuellen durchgebrannt, und sein Sohn, ein rechtsextremer Patriot, hatte sich zum Ruhme Amerikas freiwillig nach Vietnam gemeldet. Mit der perversen Logik des besessenen Spielers redete sich der Mann ein, Gott prüfe seinen Glauben und halte reiche Belohnung für ihn bereit. Dieser Lohn konnte seiner Meinung nach nur ein einmaliger Glücksfall am Würfeltisch sein. Er würde deshalb ununterbrochen eine Stunde lang würfeln und hundert Zahlen setzen. Dabei würde er genug gewinnen, um die Pleite seiner Firma abzuwenden, ein neues Haus in Long Island zu kaufen, eine junge Frau zu finden und eine neue Familie mit vielen prächtigen Kindern zu gründen. (Vielleicht war er gar kein fanatischer Spieler, sondern nur ein gewöhnlicher amerikanischer Optimist.)

Jedenfalls kam er mit einer schönen Stange Geld nach Las Vegas. Er hielt die Würfel ganze drei Sekunden und verlor, ohne auch nur einfach zu punkten, geschweige denn eine Sieben oder Elf zu erzielen. Aus Verzweiflung versuchte er sein Glück beim Baccara und ging dort in die Falle. Er spielte Zick, als er Zack hätte spielen müssen, das heißt, er setzte auf die Bank, als er auf Spieler hätte setzen sollen, und wechselte, als auch das Spiel wechselte. Er gewann nicht ein einziges Mal. Er fummelte beim Blackjack herum und verlor während eines ganzen ›Schlittens‹ (einer Spielrunde) ein jedes Blatt. In seiner Verzweiflung setzte er schließlich seine letzten Jetons beim Roulette. Wild entschlossen, endlich zu gewinnen, setzte er auf 34 der 38 Zahlen (die grüne Zero und die

Doppel-Zero mitgerechnet). Unerklärlicherweise kam die Kugel auf eine der vier Zahlen zu liegen, die er ausgelassen hatte.

Am Boden zerstört, jammerte der ruinierte Spieler laut vor sich hin. Er war ein zweiter Hiob. Warum wurde gerade er von Gott so geprüft? Er war der unglücklichste Mensch auf Erden.

Sein ›Betreuer‹ empfand Mitleid mit ihm, denn er fürchtete, der Spieler könnte etwas Schreckliches anrichten. Ein Notruf erging an die ›Krankenschwester‹. Der abgebrühte Spieler brach in ein höhnisches Lachen aus bei der Vorstellung, eine lausige Nutte könne seine Probleme lösen, der abgeschmackte uralte Geschlechtsakt mit Hilfe eines käuflichen Gegenstands könne die tödliche Wunde in seiner Seele heilen. Hatte nicht Gott selbst ihn verlassen? Der Vertreter des Kasinos schickte ihn auf sein Zimmer und bat ihn, auf die ›Krankenschwester‹ zu warten. Inzwischen bestellte er beim Zimmerkellner Champagner sowie die besten Gerichte und vergaß auch nicht auf eine Schachtel geschmuggelter Havannazigarren, die er nur für ganz wenige Topspieler bereithielt.

Die ›Krankenschwester‹ betrat das Hotelzimmer. Sie nahm den Kopf des armen, vernichteten Spielers in ihre Arme. Sie hörte seinen vielen traurigen Geschichten zu. Sie weinte um ihn. Sie legte ihn in die Badewanne und wusch ihn von Kopf bis Fuß. Sie nahm einige Fläschchen mit besonderen Ölen und Parfums aus ihrem Täschchen und salbte ihn. Sie legte ihn zurück auf das Bett und sorgte dafür, daß er sich entspannte. Dann wendete sie ihre ganze Kenntnis der menschlichen Anatomie auf, ihm Lust zu bereiten. Anschließend versuchten sie von den Gerichten und tranken den Champagner. Das Mädchen entzündete eine Havanna und rauchte mit ihm. Er war schon etwas besser aufgelegt, ein wenig entspannter. Er teilte ihr mit, daß er kein Geld mehr hätte. Sie antwortete, daß sie einen Kreditrahmen von tausend Dollar beim Kasino habe, das Geld stünde ihm zur Verfügung. Er konnte es nicht fassen – eine Hotelschnepfe gab ihm Geld für das Spiel. Warum nur, warum? Weil er ein hübsches, empfindsames Antlitz habe, antwortete die ›Krankenschwester‹. Und weil er sie so glücklich mache. Der Spieler glaubte ihr immer noch nicht, doch willigte er ein, mit ihren tausend Dollar zu spielen. Zunächst hatte er den Verdacht, daß das Hotel ihr am Ende das Geld gegeben haben könnte, doch verwarf er diesen Gedanken nach längerem Überlegen. Kein Kasino schenkt tausend Dollar her, damit ein Versager wie er sein Geld zurückgewinnen könne.

Sie spielten. Sein Glück wendete sich. Er gewann fünftausend Dollar. Sie gingen zurück ins Zimmer. Der Spieler entdeckte, daß er sich in das schöne, warmherzige Mädchen verliebt hatte, das sich zwischen den sexuellen Höhepunkten seine Sorgen anhörte und dabei so viel Mitleid empfand, daß sich die schönen blauen Augen mit Tränen füllten. Schließlich fiel er erschöpft in einen tiefen Schlaf. Als er am Morgen erwachte, war er mehr als überrascht, die ›Krankenschwester‹ noch immer an seiner Seite und die fünf Tausender noch immer in seiner Tasche zu finden. Am Nachtkästchen neben dem Bett fand sich noch dazu ein kleines Geschenk, das sie ihm im Andenkenladen des Hotels gekauft hatte. Ein Glücksbringer, der in Silber gefaßte Teil einer Klapperschlange, den er an einer Kette um den Hals tragen konnte. Sie liebten sich noch vor dem Frühstück – das erste Mal für ihn seit seiner Hochzeitsreise.

Anschließend legte sie ihn wieder in die Badewanne und wusch ihn wie eine liebende Mutter ihr Kind. Dann fuhr sie mit ihm hinaus auf eine Ranch, außerhalb von Las Vegas, wo sie Pferde mieteten und ein wenig ritten. Er saß zum erstenmal im Sattel und fiel fast vom Pferd. Sie ritt gekonnt.

Die kühle Morgenluft, die Schönheit der Wüste im Lichte der aufgehenden Sonne gaben ihm ein neues Gefühl für die Schönheit des Lebens. Sie liebten sich in den Salbeibüschen.

Als sie wieder im Hotel waren, mußte er packen, um das Nachmittagsflugzeug nach New York und zu seiner endgültigen Pleite noch zu erreichen. Er wollte ihr noch etwas Geld geben, aber sie weigerte sich, etwas anzunehmen. Er meinte, er würde es beim Weggehen ohnedies nur verspielen. Sie forderte ihn auf, sein Glück ein allerletztes Mal zu versuchen.

Nun, er gewann nicht. Er verlor alles. Aber es spielte keine Rolle. Die ›Krankenschwester‹ brachte ihn zum Flugzeug und wartete, bis es abgehoben hatte. Sie gab ihm einen Abschiedskuß und flüsterte ihm zu, er sei der beste Liebhaber auf der ganzen Welt und sie würde sich seiner stets erinnern. Er flog nach New York zurück und wurde nie mehr gesehen. Sicherlich hätte er auch so Selbstmord begangen, aber wenigstens geschah es nicht in Las Vegas. Und vielleicht war das die Vergeltung, die er sich immer erhofft hatte. Kein großer Lohn, wenn man seine Sorgen bedenkt, aber besser als nichts.

Für diesen kleinen Dienst erhielt die ›Krankenschwester‹ vom Hotel hundert Dollar. Aber sie kam sich vor wie Florence Nightingale bei der Versorgung Verwundeter im Krimkrieg. Vielleicht war sie zu weit gegangen, aber sie hatte erkannt, daß es sich um einen Fall im Endstadium handelte, und hatte deshalb ihr Bestes gegeben. Bestimmt hat es dem Spieler nicht geholfen; ihr aber half es.

Die ›Krankenschwester‹ wurde nicht nur durch ihre guten Werke, sondern auch weil sie keine Habgier kannte, berühmt. Wie jedoch von allen Moralaposteln vorausgesagt, nahm es ein böses Ende mit ihr. An sich war sie bisher vollkommen zufrieden. Sie konnte ihre Heilkraft gut mit ihren sexuellen Bedürfnissen und mit ihrer Sehnsucht nach Abenteuer, aufregenden Erlebnissen und Wechsel der männlichen Szene verbinden. Aber eines schönen Tages erschien der Ravioli-König in Las Vegas. Der Ravioli-König war ein Mann mit unersättlichem Appetit nach Sinnlichkeit, der nicht einmal durch seine Besessenheit vom Glücksspiel gelöscht werden konnte. Nachdem er genug verloren hatte, um in der Produktion um eine Million Ravioli zurückgeworfen zu werden, wurde er der ›Krankenschwester‹ vorgestellt. Er empfand sie sofort als die Frau seiner Träume und entbrannte in wilder Leidenschaft. Er verließ nicht nur seine Frau und seine Kinder, sondern faßte auch den Entschluß, sie von ihrem Schicksal zu erlösen. Sie war ein zu wertvoller Mensch, dachte er, um als Callgirl, wenn auch von noch so hoher Qualität, ihr Leben zu fristen. Und er war nicht nur ein Liebhaber des honigsüßen Kompliments. Wenn er einer Frau sagte, er sei verrückt nach ihr, so ließ er diesen Worten Banknoten folgen. Er überzeugte die ›Krankenschwester‹, daß sie ihr sündhaftes Leben aufgeben müsse. Er richtete ihr in Las Vegas eine Boutique mit einem garantierten Einkommen von fünfhundert Dollar pro Woche (steuerfrei, unter der Hand) ein. Aber natürlich unter den üblichen Bedingungen eines Liebhabers: Sie hatte ihm treu zu sein (er besuchte sie alle zwei Wochen auf vier Tage) und mußte außerdem jede wie auch immer geartete Ausübung ihres Heilberufes aufgeben.

Die ›Krankenschwester‹, selbst bis über beide Ohren verliebt, nahm diese Bedingungen an und lebte glücklich einige Monate wie vereinbart. Aber bald wurde ihr diese Art zu leben langweilig. Sie entwickelte Schuldgefühle wegen ihrer bequemen, risikofreien Lebensweise. Rund um sich sah sie die zahlreichen Verwundeten unter den bankrotten Spielern, die kein wahrhaft liebendes Herz um sich hatten, das sie tröstete. Sie kam sich vor wie ein Drückeberger, der sich dem Wehrdienst entzieht, wenn sich das Vaterland im Krieg befindet. Aber sie war viel zu aufrichtig, um den Ravioli-König zu betrügen. Sie verfiel dem Alkohol, dann dem Rauschgift und verschwand schließlich aus Las Vegas.

Die Busineß-Lady

Viel typischer aber für die Mädchen in Las Vegas, die ihren Lebensunterhalt mit Sex verdienen, ist Martha, auch bekannt als die ›Busineß-Lady‹. Sie ist ein kleines, junges Mädchen mit einem hübschen Fuchsgesicht. Sie geht an ihr Gewerbe mit der für die amerikanische Tradition typischen gründlichen Vorausplanung heran. Im Bett ist sie technisch perfekt. Sie verfügt über einen beachtlichen Bildungsstandard für den literarisch gebildeten Spieler von der Ostküste. Sie kann mit dem Filmproduzenten aus Los Angeles gut über Kinoprobleme plaudern. Sie hat sich ein Mädchen für den Fall herangezogen, daß ein Kunde ›Zwillinge‹ wünscht. Die beiden lassen ihre Körper in wahre erotische Ekstasen verfallen, wenn der lebenslustige Voyeur solche (von ihm außerordentlich zu bezahlende) Stimulierung verlangt.

Anfangs pflegte die ›Busineß-Lady‹ dauerhafte Beziehungen mit ihren Kunden einzugehen, so daß diese sie anrufen konnten, wann immer sie nach Las Vegas kamen. Sie fischte sich einen erstklassigen Wirtschaftsprüfer, einen erstklassigen Steueranwalt, einen erstklassigen

Grundstücksmakler und einen erstrangigen Gynäkologen. Sie täuschte vor, sich in jeden von ihnen verliebt zu haben, und lehnte jede Bezahlung ab. Sie ließ sich mit Sachwissen bezahlen. Mit diesem Wissen kaufte sie sich eine Boutique, um eine legale Einnahmequelle zu besitzen und damit ihre Einkünfte vor dem Finanzamt zu rechtfertigen. Danach konnte sie darangehen, Grundstücke und Apartmenthäuser aufzukaufen. Ihr ärztlicher Freund untersuchte sie regelmäßig und gab ihr Vitaminspritzen, um ihre berufliche Leistungsfähigkeit auf ein Maximum zu erhöhen.

Sie verliebte sich auch in diverse Kasinomanager und Hoteldirektoren. Das allein bedeutete diesen noch nicht so viel, bis sie merkten, daß ihr Verliebtsein auch enorme Fertigkeiten im Bett, Sicherheit vor Geschlechtskrankheiten und das beruhigende Gefühl bedeutete, nur in wirklich wichtigen Dingen um einen Gefallen ersucht zu werden. Kurz gesagt, sie manipulierte die Männerwelt vollkommen nach ihrem Willen und schlug sie mit deren eigenen Waffen, bis sie eines der reichsten freiberuflich tätigen Mädchen in der Geschichte von Las Vegas geworden war.

Sie war in der Tat eine sehr einflußreiche Geschäftsfrau. Sie delegierte ihre Geschäfte wie ein Topmanager. Sie baute sich eine Mädchentruppe auf, die ihr überschüssige Kundschaft abnahm und dafür Provision zahlte. Als Agentin, versteht sich, nicht als Bordellmutter. Sie spielte nie, trank nicht mehr als nötig, rauchte nicht, nahm keine Drogen und – was am wichtigsten war – verliebte sich nie. In ihrer spärlichen Freizeit belegte sie geisteswissenschaftliche – nicht wirtschaftswissenschaftliche – Kurse an der Universität von Las Vegas. Sie träumt noch immer davon, eines Tages einen Bestseller über ihre Abenteuer in Las Vegas zu schreiben und nach Malibu Beach in Kalifornien zurückzukehren, um in das Filmgeschäft einzusteigen. Die Zärtlichkeit und Freundschaft, die sie – wie jeder Mensch – braucht, holt sie sich bei Freundinnen, denen sie trauen zu können glaubt, niemals aber bei Männern. Sie ist eine überaus nüchterne, fleißige und kluge Frau.

Was will man über eine solche Frau noch sagen? Ist so etwas nicht ein großer Erfolg? Sie war eine Frau, die sich klar darüber war, ihn auf andere Weise nicht erreichen zu können. Sie hatte nicht die erforderliche Ausbildung, nicht die nötigen Beziehungen und nicht das Talent, auf einem anderen Weg zu Vermögen zu gelangen. Natürlich könnte man sagen, daß sie schön genug war, um einen reichen Mann zu heiraten. Aber in diesem Falle wäre sie doch irgendwie dessen Eigentum und bis zu einem gewissen Grad von seiner Gnade abhängig geworden. Tatsächlich erhielt sie des öfteren Heiratsanträge von reichen Männern, ohne bisher anzunehmen. Sie haßt die Männer nicht – sie erkennt sie aber nur als Feinde an.

Las Vegas verläßt sie nur, um an Kundgebungen der Frauenbefreiungsbewegung im ganzen Land teilzunehmen. Manchmal träumt sie von einer politischen Karriere. Sie behauptet, daß die Frauenbefreiung schließlich und endlich zur Legalisierung der Prostitution in allen Ländern der Erde führen muß. Aber nicht in Form der bösen, faulen und dummen Erniedrigung, wie es heute der Fall ist. Nicht als masochistische Selbstpreisgabe der Frau an Zuhälter oder als psychische Selbstzerstörung. Nein. Sie betrachtet die Prostitution als ökonomische Waffe, mit der die Frauen endlich eine wahre Gleichberechtigung mit den Männern erlangen könnten. Vielleicht meint sie es als Witz, wenn sie sagt: »Stellt euch eine Welt vor, in der ihr eine Frau kennenlernen könnt, die ihr Doktorat im Ficken gemacht hat.«

Das schönste Showmädchen von Las Vegas

Natürlich war sie nicht das schönste Showmädchen von Las Vegas. Niemand kann ein solches Urteil fällen. Die Geschmäcker sind verschieden. Doch sie war eine Schönheit. Sie war einmalig, aber ihr Leben ist typisch für viele der Showmädchen, die es nicht schaffen.

Sie fiel immer den männlichen Stars auf, die in Las Vegas gastierten. Sie luden sie in ihr Apartment ein, um gemeinsam das Wochenende zu verbringen. Der Star war so berühmt, daß ihr der Bühnendirektor für diese Zeit freigeben mußte. Sie packte also ihr Köfferchen und zog in das Apartment des Künstlers. Dort blieb sie auch, während der Star seine Auftritte absolvierte. Sie war seine ständige Begleiterin. Sie liebten sich, aßen gemeinsam und hielten Händchen, wenn er mit seinem Agenten, seinem Manager und seinen Anwälten harte geschäftliche Diskussionen führte.

Fünf Jahre lang war es ein aufregendes, angenehmes und lukratives Leben. Montag morgens pflegte sie das Apartment mit mindestens fünf, manchmal auch zehn Tausendern in Form von Pelzen und Schmuck zu verlassen, begleitet vom Versprechen des Stars, er würde ihr jederzeit helfen, wenn sie einen Job suchte. Sie wurde von allen Stars zu allen Partys in allen Hotels eingeladen. Aber es langte nur sehr selten für eine Reise nach New York oder nach Europa. Aus Las Vegas kam sie kaum heraus. Manchmal fuhr sie auf ein Wochenende an den Malibu Beach oder ins Beverly-Hills-Hotel. Sie war weder besonders ehrgeizig noch besonders begabt. Manchmal war sie unglücklich, manchmal in einen Musiker verliebt oder in einen zufällig nicht schwulen Tänzer, dann wieder in den Bühnendirektor oder in den Regisseur. Das Leben ging so dahin.

Aber irgendwie lebte sie wie ein Millionär, der sein Kapital angreift. Als sie älter wurde, verringerte sich das Kapital ihrer Schönheit. Sie war zwar noch immer eine sehr attraktive Frau, aber nicht mehr atemberaubend schön. Sie traf nicht mehr die Stars und arbeitete jetzt an den Wochenenden mit reichen Spielern von auswärts, aber eigentlich wollte sie nicht ›eine solche‹ werden. Und schließlich kam der Tag, an dem sie für die Show nicht mehr schön genug war.

Es gibt mehrere Endstationen im Leben solcher Mädchen. Sie heiraten einen Grundstücksmakler oder einen Croupier (manchmal schon auf dem Höhepunkt ihrer Schönheit). Sie werden Angestellte des Kasinos und animieren die Gäste zum Spielen. Manche werden für ausgewählte Kunden eingesetzt, für die sie eine Sonderleistung erbringen. Sie leisten ihnen Gesellschaft und erzählen ihren ausführlich von all den bekannten Persönlichkeiten, mit denen sie ins Bett gegangen sind, oder sie berichten von den sexuellen Eigenheiten dieser Männer, die gerade über den Fernsehschirm flimmern, um Millionen von Menschen zu unterhalten. Während der Star also im Fernsehen volkstümlich und unschuldig tut, kommentieren sie seinen besonderen sexuellen Geschmack – eine Gegenüberstellung, die sie selbst noch amüsiert.

Einige von ihnen reagieren wie ruinierte Millionäre in der Zeit der großen Depression. Sie drehen den Gashahn auf, nehmen Gift oder trinken sich zu Tode. Jemand hat sie einmal ›Motten am Licht‹ genannt.

V

Betreuer, Reisemanager, Inkassanten, Konzessionen, Zuhälter und Callgirls

Der Betreuer

Eine wichtige Rolle im Getriebe der Spielkasinos (eine einträgliche Rolle!) spielt der ›Betreuer‹. Schon in den frühen Tagen von Las Vegas hat Jake Kattleman, der Erbauer des berühmten Sands-Hotels, gute Betreuer mit einem geringen Prozentsatz am Gewinn beteiligt.

Der Betreuer ist ein Angestellter des Hotels. Er hat die Aufgabe, Besucher aus allen Teilen der Welt dazu zu bringen, daß sie gerade in seinem Hotel absteigen. Wenn sie ankommen, muß er sie in jeder Weise zufriedenstellen. Sein Job ist es eigentlich, den Gästen das Gefühl zu geben, sie seien Gott sei Dank gestorben und nun in den Himmel gekommen.

Der Betreuer kann in Las Vegas wohnen, aber ebensogut auch in Houston oder New York City. Es kann ein Mann oder eine Frau sein. Eine Betreuerin arbeitet nicht mit ihren körperlichen Reizen (selbstverständlich tut dies auch ein männlicher Betreuer nicht). Sie ist ganz Freundlichkeit. Ein guter Bekannter. Im allgemeinen steht sie mit der Frau des Spielers besser als mit ihm selbst.

In Las Vegas besorgt der Betreuer die Gratiskarten für das Unterhaltungsprogramm. Der Betreuer (oder die Betreuerin) arrangiert besondere Abendessen und Partys sowie Exklusivveranstaltungen mit Ausflügen und Einkaufsfahrten. Der Betreuer hilft auch bei der Beschaffung von Krediten in anderen Kasinos. Er spielt im allgemeinen ausgezeichnet Golf und scheut sich nicht vor hohen Einsätzen. So kommt er zu einem Teil seines Einkommens. Er spielt auch sehr gut Gin-Rummy (ein weiterer Teil seines Einkommens). Er wird solche Spiele immer für vier

Teilnehmer arrangieren, um nicht der einzige Gewinner zu sein. Beim Golf und beim Rummy wird immer zwei gegen zwei gespielt. Der Betreuer spielt also immer zusammen mit einem Kunden als Partner gegen zwei andere Kunden: er läßt sich nicht auf Spiele ein, in denen jeder für sich spielt. Auf diese Weise ist er nie der alleinige Gewinner, der die anderen drei Kunden ausnimmt. Er ist ein Partner, der dem Kunden hilft. Da seine Fähigkeiten bald an den Tag kommen, wechselt man ab, so daß der Betreuer während eines viertägigen Aufenthalts in Las Vegas mit jedem der drei einmal gespielt hat. Daher hat er am Schluß statt drei Feinden drei Freunde. Diese lassen ihn auch Verabredungen mit anderen Bekannten in anderen Hotels treffen. Das soll nicht heißen, daß jeder Betreuer ein berufsmäßiger Glücksspieler oder ein Profigolfer ist; er ist nur ein sehr guter Amateur. Er ist in der Tat so gut, daß er beim Golf nie höher als um zwei Schläge gewinnt. Manchmal verliert er auch. Dabei ist er vielleicht der beste 18-Loch-Golfer der Welt.

Nicht alle Betreuer können diese schwere Rolle ausfüllen. Viele spielen überhaupt nicht. Aber einige kommen direkt vom Glücksspiel oder aus dem Sport und bringen dann eben die erwähnten Fähigkeiten mit.

Betreuer sind immer charmant und umgänglich und haben einen besonderen Sinn für Kameradschaft. Ein Betreuer wird sich dafür einsetzen, daß das Kasino den Kreditrahmen eines Kunden vergrößert, so daß dieser weiterspielen kann. Er versorgt seine Kunden laufend mit Prospekten über besondere Veranstaltungen im Hotel, wie zum Beispiel Backgammon- oder Bridgeturniere. Der Betreuer erreicht einen Sonderrabatt im Geschenkladen des Hotels, wo der Kunde Schmuck, Pelze und Antiquitäten kauft. Diese Geschäfte haben derartige Handelsspannen, daß ein 25prozentiger Preisnachlaß für sie eine Kleinigkeit ist. Der Betreuer sucht stets nach außergewöhnlichen Geschenken für besonders gute Kunden und überreicht sie ihnen persönlich: alte Uhren, antiken Schmuck oder goldene Anhänger mit einem eingesetzten 100-Dollar-Jeton. Selbstverständlich trägt das Hotel die Kosten, aber der Kunde betrachtet das Geschenk als persönliches Zeichen der besonderen Wertschätzung seines Betreuers.

Ein wirklich erfolgreicher Betreuer erhält eine Blankovollmacht *(the pencil)*, aufgrund derer er alle Rechnungen des Kunden im Hotel unterzeichnen kann und für Shows und andere Vorstellungen in allen Restaurants und Hotels am Strip Karten bekommt. Deshalb muß der Betreuer persönliche Beziehungen zu Kasinodirektoren in ganz Nevada unterhalten. Manche Betreuer vermitteln auch Mädchen, die ehrlich, gesund und zärtlich sind – ohne Gefahr von Geschlechtskrankheiten oder Erpressung. Die psychologische Theorie, daß das Glücksspiel sexuell auszehrt oder gar zu Impotenz führt, mag schon stimmen. Aber ich frage mich, was dann die Tausenden Mädchen mit den Spielern in den Hotelzimmern von Las Vegas machen.

Für Kunden, die sich gern in der frischen Luft aufhalten, arrangiert der Betreuer eine spezielle Exkursion in den Grand Canyon, einen Reitausflug, einen Golfkurs oder irgendeine andere populäre Veranstaltung.

Gratisarrangements mit freiem Aufenthalt inklusive Mädchen, Flugkarten und Unterhaltungsshows gibt es in Las Vegas seit den vierziger Jahren. Ähnliches hat es eigentlich schon beim Glücksspiel in England des 18. Jahrhunderts gegeben. In Las Vegas begann es mit Getränken, Zigaretten und Zigarren, nachdem ein smarter Kasinodirektor entdeckt hatte, daß seinem Haus immer dann ein Gewinn entging, wenn der Spieler auf einen Drink in die Bar ging. Betreuer laden ihre Kunden sehr gezielt und großzügig ein.

Wie schon erwähnt, besitzen nur wenige Betreuer jene sagenhafte Blankovollmacht, die ihnen ein finanziell völlig sorgenfreies Leben in Las Vegas ermöglicht. Diese Vollmacht wird genauestens kontrolliert. Nur fünf bis zehn Personen in einem Hotel verfügen darüber.

Betreuer gibt es nur in den Hotels der Luxusklasse, wie im Tropicana, Sands, Caesar's Palace, MGM, Grand und Hilton. Diese Hotels konzentrieren sich auf die wirklich großen Fische, nicht auf die Arbeiterkunden aus Reno. Einer anderen Hotelkategorie gehören Hotels im Zentrum, wie zum Beispiel das Sahara und das Fremont, an, die ihr Hauptgeschäft mit Kongressen und Reisearrangements machen. Für sie sind die Reisemanager zuständig, die wohl zum Teil auch die Funktion eines ›Betreuers‹ ausüben, aber über ein eigenes Unternehmen verfügen und von den Hotels unabhängig sind.

Der Reisemanager

Was die Amerikaner *junket* (Reisegesellschaft) nennen, ist eine Gruppe von Amateurspielern aus einer fernen Stadt, die in ein Flugzeug gesteckt und nach Las Vegas verfrachtet wird. Der Reisemanager (*junket master*) chartert das Flugzeug. Diese zusammengetrommelte Reisegruppe muß vor allem Geld besitzen. Die meisten sind gutbürgerliche Leute mit gutem Einkommen: Textilunternehmer, Edelsteinhändler, Ärzte, Rechtsanwälte und so weiter. Kurz gesagt, es macht ihnen nichts aus, fünf oder zehn Tausender an einem verlängerten Wochenende in Las Vegas zurückzulassen. Aber die meisten von ihnen sind keine besessenen Spieler, sondern gesellige.

Für diese Glücksspieler ist vieles gratis. Zunächst einmal der Flug selbst. Dann das Hotelzimmer. Das gesamte Unterhaltungsprogramm. Sogar Speisen und Getränke sind innerhalb vernünftiger Grenzen umsonst. Wirkliche Spitzenspieler brauchen nicht einmal Callgirls, Veranstaltungen in anderen Hotels oder Restaurantrechnungen in der Stadt bezahlen. Rabatte in den Geschenkläden werden nicht gewährt. Die meisten Reisemanager führen ihren Schäfchen auch keine Mädchen zu, aus Gründen, auf die wir noch zurückkommen.

Die Mitglieder der Reisegruppen müssen allerdings für diese Vergünstigungen Vorleistungen erbringen. Einige Reisemanager verlangen, daß ihre Kunden zwischen zweitausend und fünftausend Dollar in bar einzahlen, bevor sie die Reise antreten. Beim Beziehen der Hotelzimmer erhalten die Teilnehmer den eingezahlten Betrag zurück, aber in Jetons, die nur in dem betreffenden Hotel gültig sind. Man hält es für selbstverständlich, daß sie spielen. Die Sache ist ziemlich klar: Wer nicht spielt, wird nie mehr bei einer anderen Reisegesellschaft mitgenommen. Sie müssen übrigens nicht verlieren. Im Gegenteil: Gewinnen sie, werden sie vom Reisemanager um so besser behandelt. Sie können auch ohne Gewinn und ohne Verlust aussteigen. Aber ganz gleich, ob sie gewinnen, verlieren oder pari davonkommen – sie müssen spielen und ihr Geld riskieren. Je nach der Zusammensetzung der Reisegesellschaft wird ihnen eine gewisse Einsatzhöhe nahegelegt.

Setzt so ein Kerl aus der Gruppe ewig mit 1- oder 5-Dollar-Jetons, kann er sicher sein, beim nächsten Mal keinen Platz mehr zu bekommen. Zeitweise sollte er schon auch 25-Dollar-Jetons riskieren.

Gattinnen und Freundinnen werden in der Regel nicht mitgenommen, außer sie kommen selbst für ihre Spesen auf. Freilich gibt es viele Ausnahmen von dieser Regel. In den letzten Jahren hat man die Ehefrauen sogar bewußt mitgenommen, weil man hoffte, sie würden vom Spielfieber angesteckt werden. Dazu kommt, daß so das Geld in der Familie bleibt und beim nächsten Mal mitgebracht wird, während bei einem dubiosen Animiermädchen die Gefahr besteht, daß der Gewinn in ihrem Sparstrumpf landet. Der Nachteil ist, daß die Männer es nicht gerne haben, wenn ihre Frauen erfahren, wieviel sie verspielen.

Der Reisemanager kommt meist selbst aus der Glücksspielbranche mit Erfahrungen als Spieler, Buchmacher oder Angestellter eines illegalen Spielklubs irgendwo im Lande. Der Plan für solche spezielle Gruppenreisen nach Las Vegas entstand im Jahre 1961, als ein Aktionär eines neuen Großhotels einen Haufen Verwandter und Freunde zur Galaeröffnung einlud. Alles auf Kosten des Hauses. Zum Erstaunen des gastfreundlichen Aktionärs ›vergaß‹ die Gesellschaft ein ansehnliches Bündel von Dollarscheinen an den Spieltischen, weit mehr, als die Flug- und Aufenthaltskosten ausmachten. So wurde die ›Gesellschaftsreise‹ nach Las Vegas geboren. Heute ist sie für die meisten Hotels eine Selbstverständlichkeit.

Der Reisemanager hat keinen einfachen Job. Nehmen wir zum Beispiel Harry Gold. Harry war ein Buchmacher in mittleren Jahren im Textilviertel von New York. Das Bundesgesetz verpflichtet den Buchmacher, Steuermarken zu kaufen, was ihn geschäftlich ruinierte, weil er sich deklarieren mußte. (Dieses Gesetz war eine jener typischen Fallen, die Leute sicher ins Gefängnis zu bringen. Befolgte man es und kaufte man Steuermarken, erwischte einen die Behörde des betreffenden Staates bei verbotenen Geschäften als Buchmacher. Kaufte man sie nicht, lochten einen die Bundesbehörden wegen ›Steuerhinterziehung‹ ein.) Harry zog sich also aus dem Buchmachergeschäft zurück.

Er organisierte seine erste Gruppenreise, indem er mit alten Kundschaften Kontakte aufnahm und ihnen ein Pauschalangebot machte. Er charterte eine Propellermaschine, denn Propellermaschinen waren in der Zeit der Umstellung auf Düsenmaschinen ausgesprochen billig. Allerdings auch langsam. Aber Harry sorgte dafür, daß viel Alkohol und einige flotte Bienen an Bord waren. (Jeder Eröffnungsflug bietet eben etwas Besonderes.) Das Hotel zahlte Harry fünfzig Dollar für jeden Kunden, der ein Zimmer nahm. Das Hotel bezahlte auch die Speisen und Getränke. Es hielt sich beim Kredit, den es jedem einzelnen Kunden einräumte, an die Empfehlungen von Harry. Allerdings mit einer Auflage. Wenn ein Kunde seine Schuldscheine nicht einlöste, war Harry dafür haftbar. Er kassierte oder bezahlte aus seiner eigenen Tasche.

Harry, der Reisemanager, suchte sich deshalb seine Kunden für den Gratisflug nach Las Vegas genau aus. Er verfolgte Jahre hindurch die Kreditwürdigkeit seiner Kunden. Die weniger Guten schied er aus, da sie seinen Gewinn schmälerten. Er traf ein neues Arrangement mit dem Hotel, nach dem er für ungedeckte Schecks nicht mehr persönlich haftbar war. Er übernahm, beschönigend ausgedrückt, nur mehr eine moralische Verpflichtung, mit Nachdruck auf ihre Einlösung hinzuwirken. In Wirklichkeit bedeutete dies, daß Harry nur zahlen mußte, wenn ihm bei der Auswahl der Kunden grobe Schnitzer unterlaufen waren. Streifte das Hotel im großen und ganzen einen guten Gewinn ein, so zwang es Harry nicht mehr, für geplatzte Wechsel aufzukommen.

Harry stellte eine weitere Bedingung: Eine Sprengung des Kreditrahmens eines Kunden war nur mit seiner persönlichen Zustimmung möglich. Das war einer seiner klügsten Schachzüge. Ein Kunde, der mit einem Kreditlimit von zehntausend mitgekommen war und diese zehn

Tausender gleich am ersten Tag verloren hatte, bettelte und weinte gewöhnlich um einen höheren Kredit. Was sollte er schließlich an den verbleibenden drei Tagen in Las Vegas tun, wenn er kein Geld zum Spielen mehr hatte? Harry blieb ungerührt wie ein Stein. Kein weiterer Kredit. Lieber spielte er im Hotel mit dem Unglücksraben Gin-Rummy um einen Cent pro Punkt. Er ging mit ihm Golf spielen, ja sogar reiten. Er besorgte ihm Eintrittskarten oder Callgirls – aber er gab ihm kein Geld mehr zum spielen.

Harry war nämlich durch Schaden klug geworden: Erhöhte er den Kredit eines Kunden und verlor dieser weitere zehntausend, so war es seine eigene Schuld. Der Mann war mit einem festen Budget nach Las Vegas gekommen, mit einem Spielkapital von zehntausend. Hatte Harry nicht im Flugzeug gelockt und war er nicht darauf ausgewesen, ihn zu ruinieren, indem er ihm einen höheren Kredit einräumte? Daher faßte der Kunde in solchen Fällen gewöhnlich zwei Entschlüsse: erstens, niemals wieder eine Gruppenreise mitzumachen, und zweitens, seine Schulden nicht zu bezahlen, nicht einmal die ursprünglich eingesetzten zehntausend. Harry stand da mit einem Sack wertloser Schuldscheine. Und obendrein hatte er einen Kunden für immer verloren und sich einen schlechten Ruf eingehandelt. Denn selbstverständlich lief der zahlungsunwillige Spieler umher und machte Harry überall schlecht, um sich auf diese Weise zu rechtfertigen.

Noch dazu: Hätte Harry den Kredit des Spielers erhöht und dieser mit dem Geld gewonnen und dann aufgehört, so wäre er Harry für diese Chance nie wirklich dankbar gewesen.

Und Harry machte noch eine andere Beobachtung. Sperrte er einem Spieler den Kredit, war dieser zwar in Las Vegas auf ihn böse. Nach seiner Rückkehr aber, nach dem Abklingen seines Spielfiebers, bedankte er sich meistens spontan bei Harry und buchte sogleich die nächste Reise. Und, was am wichtigsten war: er bezahlte seine Schulden.

Deshalb machte Harry es sich zur Gewohnheit, niemals über die zu Hause ausgemachte Summe hinauszugehen. Mit einigem Stolz konnte er darauf hinweisen, es niemals zugelassen zu haben, daß einer seiner Kunden sich ruinierte. Sein guter Ruf verbreitete sich. Freunde empfahlen ihm neue Kunden. Harry konnte schließlich jährlich sechs Gruppenreisen nach Las Vegas veranstalten – und alle erfolgreich. Die Kundenkartei in seinem Büro wuchs. Er konnte auf Tausende von Namen zurückgreifen, um seine Chartermaschinen zu füllen. Die Sache war eine wahre Goldgrube.

Natürlich muß Harry hart arbeiten. Er muß die Reisen organisieren, die Flugzeuge chartern, die Hotelarrangements unter Dach und Fach bringen. Er muß entscheiden, welche Spieler umsonst ihre Gattinnen oder Freundinnen mitnehmen dürfen. Manchmal bringt ein sehr guter Kunde einen Freund mit, der nicht spielen, sondern nur einen Abstecher nach Las Vegas machen will. Was tut man nicht alles für wirklich große Fische! Harry nimmt den ›Anhalter‹ mit, ist aber nie ganz glücklich darüber.

In Las Vegas übernimmt Harry die Rolle des Betreuers und achtet darauf, daß sich alle Spieler wohl fühlen. Er muß seine Schäfchen stets im Auge behalten, um sicherzugehen, daß sie ja brav spielen, damit sich der Ausflug für ihn und das Hotel bezahlt macht. Andererseits muß er auch aufpassen, daß sich keiner der Spieler um seine Existenz bringt.

Nach Abschluß der Reise, wenn der Spaß vorbei ist, muß Harry den Verlierern nachlaufen, damit sie ihre Schulden bezahlen. Kurzum, Harry ist der Hirte seiner

Herde. Seine Verantwortung ist groß, und er schuftet schwer für sein Geld. Aber er wird reichlich belohnt. Kein Reiseveranstalter, der sein Geld wert ist, verdient weniger als hunderttausend Dollar im Jahr.

Der gefährlichste Fallstrick für jeden Reiseleiter ist die Unterwanderung seiner Reisegruppe durch Betrüger. Ein Kunde führt sich als anständiger Teilnehmer ein. Er bringt ein paar Freunde mit, die bei einer Reise mitgenommen werden wollen. Ihre Personalausweise scheinen in Ordnung zu sein. Alle verfügen über guten Leumund. Solche Kunden fahren aber nur ein einziges Mal mit, unterzeichnen überall Schuldscheine und verschwinden mit dem Geld.

Der Boom mit den Gesellschaftsreisen nach Las Vegas scheint jetzt allmählich nachzulassen. Dafür gibt es viele Gründe. Im Jahre 1972 dehnte die staatliche Spielbankenkommission von Nevada ihre Kontrollfunktion auf die unabhängigen Reisemanager aus. Las Vegas erzielte immer größeren Erfolg mit seinen Werbekampagnen, mehr Kongreßveranstaltungen in die Stadt zu bringen. Einige der Hotels mieteten oder kauften eigene Düsenflugzeuge, um die Besucher einzufliegen. Die billigen Arrangements werden immer beliebter. Einige Hotels rechneten sich aus, daß es billiger sei, wenn ein guter Kunde nach Las Vegas fliegt, wann immer er gerade Lust hat, und sich seine Flugkarte vom Kasino ersetzen läßt. Im Endeffekt wurden den Reisemanagern auf diese Weise die von ihnen mühsam organisierten Kunden weggeschnappt, sowie man sie ausgemacht und für kreditwürdig befunden hatte.

Es könnte sein, daß der Beruf des Reiseveranstalters in Las Vegas langsam ausstirbt, weil sich eine neue Einstellung zur Frage des freien Aufenthalts breitmacht. Die Hotels sind nämlich zur Ansicht gekommen, daß Las Vegas heute bereits eine derartige Faszination ausübt, daß die Kunden auch ohne den Anreiz kostenloser Hotelzimmer und freier Verpflegung kommen. Die Zukunft wird zeigen, ob sie recht behalten. Sicher ist, daß Las Vegas immer mehr den Ruf der günstigen Gelegenheit verliert. Um Spieler kämpft man nicht mehr wie früher. Heute umwirbt man sie nur mehr auf höfliche Weise.

Der Inkassant

Man erzählt sich die folgende Geschichte. Ein New Yorker Geschäftsmann kam nach Las Vegas und gewann hunderttausend Dollar. Verständlicherweise wollte er diesen Gewinn vor dem Finanzamt geheimhalten, um dafür nicht Steuern zahlen zu müssen. (Dies ist die Gesetzesfalle des Spielers; verliert er, kann er seine Schulden nicht zahlen. Gewinnt er, kann er die auf den Gewinn entfallende Einkommenssteuer nicht bezahlen.) Das Kasino erklärte sich zu einem damals üblichen Service bereit, nämlich dem Geschäftsmann die gewonnene Summe durch einen Kurier nach New York bringen zu lassen. Man besprach den Ablauf. Das Geld soll dem ›großen Gewinner‹ in der Halle seiner New Yorker Bank an einem bestimmten Tag zu einer bestimmten Zeit übergeben werden. Der ›große Gewinner‹ konnte dann das Geld sofort in sein Bankfach legen. Der Kasinodirektor versicherte dem Kunden, daß er keinerlei Risiko eingehe. Er erhielt eine Bestätigung, die er dem Boten beim Überreichen des Geldes zurückgeben sollte (und die dieser dann vermutlich zu schlucken hatte). So jedenfalls wurde es seinerzeit in Las Vegas gehandhabt. Der ›große Gewinner‹ fuhr nach New York zurück. Zwar machte er sich Sorgen, daß der Bote überfallen werden könnte, aber nur ein wenig. Er fand sich zum vereinbarten Termin am Treffpunkt ein. Und dort stand das größte, brutalste und furchterregendste Individuum, das er je in seinem Leben gesehen hatte. Dieser Bursche händigte die Aktentasche mit den hunderttausend Dollar aus und nahm dafür die Bestätigung in Empfang. Der ›große Gewinner‹ ging zu seinem Schließfach und hinterlegte das Geld.

Aus Dankbarkeit und auch aus Höflichkeit rief der ›große Gewinner‹ den Kasinomanager im fernen Las Vegas an, teilte ihm mit, daß er das Geld erhalten habe, und drückte ihm seine Anerkennung aus. »Gern geschehen«, antwortete ihm der Kasinomanager. Der ›große Gewinner‹ versicherte ihm, er wolle bald wieder nach Las Vegas spielen kommen und werde bestimmt in seinem Hotel absteigen. Der Kasinomanager bedankte sich. Dann sagte der Kunde vorsichtig: »Mein Gott, Ihr Bote. Das ist der schrecklichste Kerl, den ich je gesehen habe. Der kann einem ja Angst einjagen!« Am anderen Ende der Leitung war es einige Sekunden lang still, dann antwortete der Kasinodirektor mit sanfter Stimme: »Verlieren Sie hunderttausend, dann schicken wir Ihnen denselben Burschen zum Inkasso.«

Die Moral dieser Geschichte ist, daß Las Vegas zu den Gästen, die gewinnen, äußerst liebenswürdig sein kann und möglicherweise sehr hart zu einem Verlierer. Was man der Geschichte ebenfalls entnehmen kann, ist die Tatsache, daß man einmal gewinnen kann, aber ziemlich sicher ein anderes Mal wieder verliert. Um viel verlieren zu können, braucht man einen großen Kreditrahmen. Man muß in der glücklichen Lage sein, viele Schuldscheine unterzeichnen zu können. Aber in der Hitze des Spiels unterzeichnete Wechsel können einen Spieler später in große Schwierigkeiten bringen.

Entweder der ›große Verlierer‹ kann oder will nicht zahlen. Da aber nach den Gesetzen des Staates Nevada Spielschulden nicht als gesetzliche Schulden gelten, müssen die Kasinos von sich aus etwas unternehmen.

Inkassanten, *collectors*, die im Auftrag der Kasinos die Spielschulden eintreiben, wagen es heute nicht mehr, in irgendeiner Weise Zwang auszuüben. Die Eigentümer der Hotels – Syndikate und Großkonzerne – würden für krumme Touren nie geradestehen. Inkassanten dürfen Schuldner nicht zur Zahlung nötigen, wenn diese dadurch ruiniert würden. Las Vegas wünscht keine Zeitungs- oder Fernsehmeldungen über einen verwegen spielenden, im Grunde aber armen Farmer aus den Südstaaten, der seine vierzig Hektar große Farm beim Würfelspiel verloren hat. Aber es gibt solche und solche Methoden.

Der folgende, leicht gekürzte Bericht stammt aus der ›Los Angeles Times‹:

> Ein maskierter Zeuge mit einem Gesichtsschutz, wie ihn Skifahrer verwenden, sagte am Dienstag vor dem Kongreß aus, daß einige Inkassobüros durch Androhung von Tätlichkeiten und grausame Tricks die Bezahlung von Rechnungen erzwingen wollten.
> Der mysteriöse Zeuge führte bei der Anhörung auch Einzelheiten über seine Methoden aus. Einmal habe er am Telefon eine Frau um ihre Schuhgröße gefragt. Nachdem sie ihm geantwortet hatte, sagte er: »Wir werden Ihnen ein Paar Betonschuhe in Ihrer Größe zustellen.«
> Ein anderes Mal, sagte der Zeuge, habe er eine Frau aus ihrer Wohnung gelockt, indem er sich als Polizeibeamter ausgab und ihr telefonisch mitteilte, ihr Sohn habe bei einem Autounfall beide Beine verloren. In Tränen aufgelöst, ging die Frau am Eingang zum Spital in die

Falle. – »Sie bedankte sich dafür, daß ihr Sohn noch lebte, und bezahlte ihre Schuld«, berichtete der Zeuge.

Der Zeuge wies auf den Umstand hin, daß er sich vor Racheakten von seiten früherer Geschäftspartner fürchte. Er tarne sich deswegen mit einer weinroten ›Roger-Staub-Mütze‹ und Sonnenbrillen, einem hellblauen Anzug mit Krawatte und einem glänzenden rosafarbenen Ring und trage als Pseudonym den Namen ›James Clark‹.

Clark sagte, er habe sowohl als Angestellter wie auch als Leiter von Inkassobüros in einer Stadt, die er nicht näher nannte, gearbeitet.

Er machte seine Aussage vor einem Unterausschuß des Abgeordnetenhauses für Fragen des Bankwesens, der eine Gesetzesvorlage diskutiert, welche das Inkasso einer bundesgesetzlichen Regelung unterwerfen und illegale Inkassopraktiken mit Geld- und Freiheitsstrafen belegen soll.

Clark sagte, er habe Gelder in der Größenordnung von hohen Industrieschulden bis zu Außenständen von Schallplatten- und Buchklubs einkassiert, deren Rechnungen manchmal nicht einklagbar wären. Mit Gewalt wurde, nach seiner Aussage, niemals gedroht.

Die anderen Druckmittel schlossen jedoch ›psychologische Schläge‹ mit ein, die darin bestanden, den Schuldner einen Tag lang alle fünf Minuten anzurufen oder Todkranken mitzuteilen, daß ihren Erben ›die Hölle heiß gemacht würde, wenn sie nicht alles bezahlten‹.

Halten wir fest, daß dieser Mann von hochanständigen Firmen, wie Buchgemeinschaften, als Inkassant angestellt worden war. Auch angesehene Industrieunternehmen und konzessionierte Finanzierungsgesellschaften nahmen offensichtlich seine Dienste in Anspruch. Ich selbst kann aus meiner eigenen Erfahrung eine ähnliche Gruselgeschichte erzählen. Einer dieser von Haus zu Haus wandernden Lexikonvertreter kam an unsere Wohnungstür und verkaufte uns ein mehrbändiges Werk im Wert von zwölfhundert Dollar, zahlbar in Monatsraten zu zehn Dollar auf zehn Jahre. Als Gratiszugabe erhielten wir ein medizinisches Lexikon aus dem Jahre 1923, das meiner Mutter kaum geholfen hätte, mich großzuziehen. Jedenfalls rief ich die Firma an und teilte ihr mit, daß ich nicht die Absicht hätte, das Werk zu bezahlen. Man sagte mir, meine Frau habe unterschrieben und ich sei verpflichtet zu zahlen. Ich lebte in einem Wohnhaus für Leute mit geringem Einkommen und verdiente weniger als hundert Dollar die Woche. Ich teilte der Firma mit, daß ich mich mit ihnen nur bei Gericht auseinandersetzen wolle. Sie versuchten ein paar Mal anzurufen, und schließlich läutete ein Mann an der Tür und überreichte mir eine gerichtliche Vorladung. Ich betrachtete das Papier genau und stellte fest, daß es zwar eine gedruckte Ladung war, aber ohne Unterschrift. Das Bezirksgericht war in der Nähe, und so schaute ich dort vorbei. Man erklärte mir, das Papier sei eine Fälschung. Ich verlangte die gerichtliche Ausforschung dieser Leute, erklärte mich zu einer Zeugenaussage bereit und gab dem Gerichtsbeamten alle notwendigen Informationen. Er versicherte mir, die unseriösen Vertreter würden belangt werden. Ich hörte nie wieder etwas – weder von meinen Gläubigern noch vom Gericht.

Ich will damit sagen, daß die Inkassanten der Kasinos von Las Vegas meines Wissens niemals so grausam vorgehen. Damit will ich aber andererseits nicht behaupten, daß ein Inkassant aus Las Vegas ein vom Himmel gesandter verzeihender Engel ist.

Ein Inkassant wird von einem Hotel erst dann eingesetzt, wenn alle üblichen Wege des Inkassos, durch Mahnschreiben den Schuldner zum Bezahlen seiner Wechsel zu bringen, erschöpft sind. Im allgemeinen erhält der Inkassant 50 Prozent der von ihm eingetriebenen Summe. Ist der zahlungsunwillige Schuldner eine besonders harte Nuß, kann der Anteil noch höher liegen. Der Inkassant darf aber nicht zu Drohungen greifen, sondern höchstens Szenen machen.

Der Inkassant ruft den Schuldner in seinem Büro an, um einen Termin zu vereinbaren. Er spricht freundlich und verständnisvoll. Warum der Kunde denn dem Hotel nicht seine gerechte und ehrenhafte Schuld zahle, wo es ihn doch so fürstlich aufgenommen habe? Schließlich seien Spielschulden Ehrenschulden. Geht es dem Kunden mit dem Geld nicht aus, könnten ja Monatsraten vereinbart werden. Zur Bekräftigung befinden sich in Begleitung des Inkassanten zwei großgewachsene und eher häßliche Herren, die ungeduldig zuhören. Das macht den Schuldner verständlicherweise nervös.

Bedenken wir, daß der Inkassant etwas vom Glücksspiel versteht. Er war in dieser oder jener Funktion in der Glücksspielindustrie tätig. Er war Buchmacher, Geldverleiher, Reisemanager oder Betreuer. Er kennt das Grundprinzip, nach dem ein Spieler niemals in den Ruin getrieben werden darf. Besteht keinerlei Aussicht, daß der Schuldner zahlt, nimmt der Inkassant den Auftrag erst gar nicht an. Er weiß aber, daß der Schuldner mit etwas Druck meist zu einer Zahlung bewogen werden kann.

Der Inkassant weiß auch, daß Arbeiter, die bis zu fünfzehntausend Dollar im Jahr verdienen, fast immer ihre Schulden bezahlen. Er weiß, daß um hohe Einsätze spielende Kunden, deren Schulden in die Hunderttausende gehen, für gewöhnlich bezahlen. In beiden Fällen bedarf es bloß eines gewissen Maßes an freundlichem Zureden.

Die weitaus größten Sorgen machen ihm jedoch jene Leute, die zwischen fünfzehn und fünfzig Tausender im Jahr verdienen; bei diesen handelt es sich meistens um Angehörige des Mittelstandes.

In diesen Fällen ruft der Inkassant zwei- oder dreimal im Büro an. Er wird in der Kanzlei, in der Ordination oder im Büro des Schuldners eine lautstarke Auseinandersetzung beginnen, um den Schuldner vor seinen Angestellten, Klienten oder Kunden bloßzustellen. Er wird sehr laut und wohl auch ein wenig ausfallend werden. Vorsichtigerweise wird er aber niemals eine Drohung ausstoßen. Im Endeffekt gleicht er einer geschiedenen Frau, die lautstark ihre ausstehenden Alimente einzutreiben versucht. Man mag es glauben oder nicht, diese Technik wirkt immer.

Der Inkassant hat noch andere Tricks im Ärmel. Der Schuldner weiß, daß Spielschulden gerichtlich nicht eingeklagt werden können. Aber er weiß nicht, daß diese Regelung nur für Nevada gilt. In Puerto Rico sind Spielschulden klagbar. Das bedeutet, daß ein Spieler für seine Schuldscheine in Puerto Rico in New York haftbar gemacht werden kann. Findet der Inkassant einen solchen Wechsel, droht er dem Kunden, den in Puerto Rico liegenden Schuldschein einzuklagen, wenn er sich nicht bereit erklärt, auch die in Las Vegas ausgestellten Schuldscheine zu bezahlen.

Der Inkassant liebt Anrufe bei Autohändlern, Finanzfachleuten, Grundstücksmaklern, Ärzten und Zahnärzten, Wohn- und Straßenbauunternehmern, Börsenmaklern und Möbelhändlern. Er hält sie ohnedies alle für Gauner und weiß, daß sie für die vagen Andeutungen bei seinem lautstarken Auftritt empfänglich sind. Sein prozentueller Anteil beim Inkasso der Schulden dieser Leute ist hoch. Aber manchmal fällt der Inkassant auch auf die

Nase. Überzeugt von der Wirkung seines Schimpfens und Schreiens (und der Anwesenheit seiner beiden breitschultrigen Begleiter), geht er hinunter zu den Hafenanlagen von New Jersey, um bei einem Vorarbeiter Schulden einzutreiben. Der betreffende Hafenarbeiter ist ein bärenstarker Bursche mit brutalem Gesicht und Muskeln stärker als die Brieftasche eines Ölmillionärs aus Texas. Er blickt verächtlich auf den Inkassanten herab und sagt: »Dich haben sie geschickt, bei mir zu kassieren? Soll ich dich ins Wasser werfen?«

In diesem Fall greift der Inkassant auf sein beinahe vergessenes Repertoire diplomatischer Ausflüchte zurück. »Warum regst du dich auf«, erwidert er sanft, »fragen wird man doch noch dürfen.«

Dann sucht er schleunigst das Weite und schickt die Schuldscheine dem Hotel mit der Bemerkung zurück, sie am besten gleich zu vergessen.

Der Inkassant weiß sich auch bei besonders Schlauen zu helfen. Das sind zum Beispiel Spieler, die einem Kasino einen Scheck über zehntausend Dollar ausstellen, obwohl sie wissen, daß sie nur achttausend auf dem Konto haben und der Scheck somit nicht eingelöst werden kann. Der Inkassant nimmt den Scheck und fliegt in die Stadt, in der der Schuldner wohnt. Er zahlt zweitausend Dollar auf das Konto des Schuldners ein und kassiert dann den Scheck über zehntausend. Dies selbstverständlich nur dann, wenn er weiß, daß es keine andere Möglichkeit der Einbringung gibt. Wie kommt er aber zu dieser entscheidenden Information? Er besticht, täuscht oder becirct eine Bankangestellte.

Der Inkassant verdient gut und spielt nie. Er zögert nicht zu verhandeln, um wenigstens 10 Prozent zu bekommen, und sympathisiert für gewöhnlich im stillen mit dem Schuldner. Aber Geschäft ist Geschäft.

Er hat nur eine Sorge. Die Hotels in Las Vegas kommen nach und nach dahinter, daß die sogenannten konzessionierten Inkassofirmen hinter ihrer Fassade amerikanischen Professionalismus viel krummere Wege gehen und dennoch weit weniger einen Verlust an Publicity befürchten müssen. Wird sich denn die Presse jemals über eine Inkassofirma aufregen, die für General Motors, für die großen Finanzgesellschaften oder für die riesigen Warenhäuser arbeitet?

Eine Spielbankenkommission der Bundesregierung berichtet, daß das Glücksspiel in Nevada in Ordnung sei. Sie hat weiter festgestellt, daß die Bürger von Nevada mehr spielen als die Touristen. Woraus sich ableiten läßt, daß Gelegenheit Spieler macht. Es sieht so aus, als lebten in Nevada dreimal soviel dem Spiel verfallene Menschen als anderswo, die doppelt so hohe Summen für das Spiel aufwenden als ihre amerikanischen Mitbürger.

Meine eigenen Nachforschungen haben erbracht, daß die Spielbankenkommission von Nevada in den letzten vier Jahren keine einzige Beschwerde über das Inkasso von Schuldscheinen erhalten hat. Niemand, der einem Kasino Geld schuldete, hat sich über ihre Inkassomethoden beschwert. Aber die Spielbankenkommission wacht mit Argusaugen über das gute Image von Las Vegas und hat in einem Fall sogar Nachforschungen angestellt.

Ein bekannter Filmproduzent aus Japan organisierte Gesellschaftsreisen nach Las Vegas. Als japanischer Reiseveranstalter war er möglicherweise für die Schuldscheine seiner Klienten persönlich haftbar. Ein junger Mann konnte nicht bezahlen. Angeblich erhielt er Drohungen. Seine Mutter, eine Japanerin der alten Schule mit Kimono und dergleichen, meldete den Vorfall der Polizei. Diese ging der Sache nach und verhaftete den Reiseveranstalter wegen Erpressung.

Die Spielbankenkommission von Nevada sandte einige Beamte nach Japan, um der Sache auf den Grund zu gehen, und geriet selbst in das Schußfeld der japanischen Behörden, bis die Sache geklärt war.

Die Japaner waren deshalb so streng, weil es in Japan ein eigenes Devisenüberwachungsgesetz gibt, das die Ausfuhr des Yen streng kontrolliert.

Da das Geld in Las Vegas verloren, aber in Japan kassiert worden war, wurde die Angelegenheit etwas kompliziert. Die Hotels ließen sich die geschuldete Summe auf ihr Konto in Japan überweisen. Die Verlierer aber hatten tatsächlich widerrechtlich Geld ausgeführt – einfach durch Ausstellen von Schuldscheinen.

Aus diesem Fall ergab sich eine grundsätzliche Frage. Wenn in Las Vegas die Spielschulden nicht einklagbar sind, wie kommen die Hotels dann zu ihrem Geld, ohne sich durch gewisse Druckmittel der Erpressung schuldig zu machen? Nach dem Gesetz ist eine Zahlungsaufforderung dasselbe, als ob ein Straßenpassant Sie ersucht, ihm Ihre Brieftasche auszuhändigen. Eigentlich bedürfte es nur eines Anrufes, um die Hoteldirektoren ins Gefängnis zu bringen und die Hotels aus dem Geschäft zu werfen. Manche Juristen sind überhaupt der Ansicht, daß ein gerichtliches Präzedenzverfahren die Ungültigkeit aller Schuldscheine feststellen könnte, was die Hotels praktisch ruinieren würde.

Der Staat Nevada könnte die Spielschulden legalisieren, damit sie in den gesamten Vereinigten Staaten eingeklagt werden könnten. Aber das strenge Inkasso der Schuldscheine würde so viele Bürger in den Bankrott bringen, daß eine Welle des Unmuts gegen das legale Glücksspiel hochgehen würde und in der Folge ein staatliches Gesetz das Glücksspiel verbieten müßte – was das Ende von Las Vegas bedeuten würde.

Umgekehrt aber können die Kasinos ohne Kreditgewährung und ohne Schuldscheine nicht leben. Infolge irgendeiner unerklärlichen Eigenheit der menschlichen Natur zahlen die meisten Leute nämlich ihre Spielschulden schneller als ihre Arztrechnungen.

Die Geschäftsleute von Las Vegas

Es gibt außer dem Glücksspiel viele Möglichkeiten, in Las Vegas ein Vermögen zu verdienen. Einen Geschenkladen in einem der Luxushotels am Strip zu besitzen bedeutet so viel, als hätte man einen geheimen Tunnel zu den Goldkellern von Fort Knox. Von einer Glückssträhne erfaßte Spieler haben einen unwiderstehlichen Drang, feste Wertsachen zu kaufen, wahrscheinlich weil sie wissen, daß sie das gewonnene Geld wieder verlieren, wenn sie es nicht fest anlegen.

Der Besitzer eines Geschenkladens in einem der größten Hotels von Las Vegas zahlte hunderttausend Dollar unter der Hand für das Recht, ein Geschäft im Haus aufzumachen. Zu dieser Summe kommen selbstverständlich alle anderen Gebühren, wie behördliche Genehmigung, Vertrag, Miete und so weiter, dazu. Die hunderttausend Dollar wurden einzig und allein dafür bezahlt, sich glücklicher Besitzer eines Geschäftslokals mit exorbitant hoher Miete nennen zu können.

Voll Freude ging der Geschäftsmann daran, seinen Laden mit Geschenkartikeln zu füllen. Für die Damen gab es Nerze, Schmuck, alle Arten silbernen und goldenen Zierats, Armbänder aus Indien, Halsketten aus dem Kongo, Elefantenzähne aus dem schwärzesten Afrika, kunstvoll ausgeführte Spielsachen aus der Schweiz. Auf allen

Gegenständen lag eine Handelsspanne von durchschnittlich 500 Prozent. Als besonderes Schmuckstück seiner Kollektion schaffte er sich eine maßstabgerechte Zugsgarnitur samt Lokomotive an, wunderbar ausgeführt und fast einmalig in ihrer Art. Er zahlte dafür tausend Dollar und stellte den Zug in das Schaufenster. Da das Stück so attraktiv und überdies äußerst schwer zu bekommen war, wollte er es nicht verkaufen. Er legte also einen Preis von zehntausend Dollar fest.

Schon am nächsten Tag betrat ein Mann in einem zerknitterten Overall den Laden und verlangte die Eisenbahn aus dem Schaufenster. Der Besitzer lächelte und sagte: »Sie ist sehr teuer.« Der Mann langte in seinen Anzug, zog ein Bündel 100-Dollar-Scheine heraus, übergab es dem Geschäftsmann und sagte: »Nehmen Sie sich, was sie kostet.« Der Ladenbesitzer nahm seine zehntausend und gab dem Kunden die Eisenbahn.

Einen Monat später gelang es ihm, ein zweites Exemplar dieses Spielzeugs aufzutreiben. Wieder setzte er den Preis mit zehntausend Dollar fest. Ein riesiger, dicker Texaner betrat den Laden, begleitet von zwei ledergesichtigen Bekannten. Auch er wollte die Eisenbahn. Der Besitzer fragte: »Mein Herr, wissen Sie, was der Zug kostet?« Der Texaner antwortete schlicht: »Der Preis ist mir scheißegal, geben Sie mir die Lokomotive!«

Leicht verwirrt, bestellte der Besitzer des Geschenkladens drei weitere Modellzüge, auf die er sechs Monate warten mußte.

So beträgt also die Handelsspanne dieses einen Geschenkladens in Las Vegas zwischen 500 und 1000 Prozent – dem Kunden gegenüber ein Hausvorteil, der viel größer ist als jener im Kasino mit 1,4 Prozent beim Würfeln, 5,86 Prozent beim Roulette, 10 Prozent bei den Spielautomaten und 20 Prozent beim Keno. Und immer noch gibt es Leute, die behaupten, die Spielbanken seien ausnutzerischer als gewöhnliche Handelsunternehmen.

Eine letzte Bemerkung noch zu den Geschenkläden. Es gab einmal einen Spieler, genannt ›Oklahoma Kid‹. Er war ein sagenhaft reicher Ölmillionär, der jeden Monat kam, um seine steuerfreien Einnahmen (27,5 Prozent) zu verspielen – am Ende gar aus schlechtem Gewissen darüber, daß ihn die Steuergesetze so bevorteilten. Er war ungeheuer lästig beim Spielen. Er kniff die Cocktailkellnerinnen in den Hintern und stritt mit dem Croupier. Er versuchte beim Roulette zu mogeln und beleidigte die Roulettechefs. Er begann Streit mit seinen Mitspielern. Die Croupiers nannten ihn nur ›Dr. Jekyll und Mr. Hyde‹, übrigens ein häufiger Spielertyp: Denn – egal ob er nun gewonnen oder verloren hatte – er ging in den Geschenkladen und kaufte der Kellnerin einen Nerz, den Mitspielern steckte er Geld zu und den Croupiers schenkte er Kisten mit Champagner und kubanischen Zigarren. Kam ein Callgirl auf sein Zimmer, war ihr ein Diamantring aus dem Andenkengeschäft des Hotels sicher.

Die Konzession für den Service auf dem Parkplatz eines Großhotels ist ebenfalls eine Goldgrube. Freilich kostet sie zwischen fünfzig und hundert Tausendern unter der Hand.

Und dann gibt es natürlich die Männer, die ihr Geld mit Frauen machen. Zuhälter haben es in Las Vegas sehr schwer. Doch gibt es wie überall solche und solche. So mancher Don Juan in Las Vegas geht ein Verhältnis mit einer Dame ein und verkauft sie dann an einen reichen Spieler.

›Zuhälter‹ ist überhaupt ein abschätziges Wort. Es ist so abwertend wie die Ausdrücke ›Prostituierte‹, ›Callgirl‹ und ›Hure‹, die man besser nicht verwenden sollte. Vielleicht sollte man überhaupt nicht von ›Zuhältern‹ sprechen. Man sollte daran denken, daß sich der berühmte Dichter Dostojewski von Frauen Geld für das Spiel ausborgte. Der historische Casanova hat seine erotische Akrobatik hauptsächlich deshalb vollführt, um seine Rouletteabende finanzieren zu können.

Julius Cäsar, Claudius, Caligula und Nero verkauften ihre Sklavinnen, um mit dem Erlös ihre Spielschulden zu bezahlen.

In Las Vegas geht man meist nach der folgenden Methode vor. Der Zuhälter verliebt sich zunächst in ein schönes Mädchen, entweder eine Touristin oder auch ein Showgirl. Einen Monat lang entwickelt sich eine leidenschaftliche Romanze. Dann kommt der Liebhaber mit seiner Leidensgeschichte daher. Er habe sein gesamtes Geld verspielt und Schuldscheine unterschrieben. ›Sie‹ (die mysteriösen Gauner!) werden ihm alle Knochen im Leibe brechen und die Nase abschneiden. Nur das Mädchen kann ihm noch helfen. Ein reicher Freund komme auf einige Tage nach Las Vegas, der im Umgang mit Frauen sehr scheu sei. Dieser reiche Mann würde alles für die Liebe und Gesellschaft einer schönen Frau geben. Er würde die Schuldscheine bezahlen und sie alle drei zum Essen ausführen. Er sei überhaupt ein großartiger Kerl; großzügig, witzig, spiele Saxophon und steppe beinahe wie ein Profi. Er ist, das mag stimmen, vielleicht ein bißchen alt und ein wenig zu dick, nicht so groß gewachsen, wie man es sich vielleicht wünschen würde; er trägt ein Toupet und hat ein falsches Gebiß. Aber von diesen Dingen abgesehen, ist er wirklich ein Traum von einem Mann. Natürlich muß sie entscheiden. Liebt sie ihn denn wirklich? Sie bringt das große Opfer. Aus Liebe tut sie alles, was von ihr verlangt wird, und der ›Zuhälter‹ hat zwei Fliegen auf einen Streich erlegt. Er bekommt sein Geld und ist eine Belastung los. Er geht zum nächsten Projekt über.

Dennoch ist das nicht unbedingt eine traurige Geschichte. Niemand braucht mit dem Mädchen Mitleid zu haben. Die meisten von ihnen sind angenehm überrascht, daß der betreffende Herr gar nicht so schrecklich ist. Er ist vielleicht nicht ganz so witzig wie vom Herzensfreund geschildert, aber fast immer so großzügig. Und wenn das Mädchen besonderes Glück hat, kann es sein, daß es Las Vegas mit einem Verlobungsring am Finger verläßt und die Dame eines feinen Hauses in Minneapolis oder in Providence, Rhode Island, wird.

Eine weitere Möglichkeit, in Las Vegas Geld zu verdienen, bieten die Trauungszeremonien. Man eröffnet eine Kette kleiner Traukapellen, tritt in den geistlichen Stand und holt sich seinen Teil von den 24 Millionen Dollar, die jährlich für Trauungen und Scheidungen in Nevada ausgegeben werden.

VI

Spielergeschichten

Sie war eine Frau aus Brooklyn. Sie lebte ein erfülltes Leben, war verheiratet und hatte Kinder. Ihre Söhne hatten es zu etwas gebracht, ihre Töchter schenkten ihr Enkel. Ihr Gatte besaß eines der erfolgreichsten Spezialitätenrestaurants auf Coney Island. Sie war das Muster einer guten Hausfrau, eine liebevolle Mutter und eine treue Gattin.

Als sie fünfundsechzig war, starb ihr Mann. Sie strickte den ganzen Tag oder besuchte ihre Enkel. Freunde nahmen sie nach Miami Beach, Florida, mit. Aber sie fand die Leute dort zu alt. Sie besuchte eine in Kalifornien verheiratete Tochter. Dort waren ihr die Leute wieder zu jung. Auf dem Rückweg nach New York machte sie einen Zwischenaufenthalt in Las Vegas. Sie wurde eine besessene Kleinkaliberspielerin, ein in Amerika keineswegs seltener Typ. Sie nahm sich eine kleine Wohnung und ließ sich für ständig in Las Vegas nieder, um ein Leben der ›Sünde‹ zu führen.

Im Süden Frankreichs sind die besessenen Spieler kleinen Kalibers eine alltägliche Erscheinung, meist verarmte Adelige, die mit ausgeklügelten Systemen Roulette spielen, in den Ruhestand übergetretene Kurtisanen, ausgewanderte Engländer mit regelmäßigem Einkommen, Amerikaner im Exil, die ihr Leben durch das Ausnützen von Wechselkursänderungen und ihre Hingabe an das Roulette aufbessern.

In Las Vegas spielte die Dame aus Brooklyn den ganzen Tag. Sie las alles über Roulettesysteme. Sie spielte an den Spielautomaten, bis ihr die Schultern schmerzten. Sie häufte Schatzkistchen voll Kleingeld an. Sie schloß mit anderen ›Kleingeldspielerinnen‹ Freundschaft und machte mit ihnen Picknickausflüge zum Hoover-Staudamm und in den Grand Canyon. Sie griff niemals ihre Ersparnisse an. Sie zahlte ihre Miete von der Rente, die ihr die Sozialversicherung schickte, und den Rest verspielte sie in genau eingeteilten Tagesraten.

Es genügt nicht zu sagen, daß sie glücklich war. Sie befand sich, den ganzen Tag vom Surren der Spielautomaten und den wirbelnden roten und schwarzen Zahlen des Roulettes hingerissen, eigentlich in einem Zustand der Verzückung. Vor ihr entfalteten sich immer aufs neue die Blackjackkarten mit ihren rautenförmigen Mustern auf der Rückseite. Sie konnte dabei ihren herannahenden Tod vergessen. So lebte sie fünfzehn Jahre lang.

Ihre Kinder besuchten sie von Zeit zu Zeit. Sie brachten die Enkel mit, auf die sie sich schon jedesmal freute und denen sie Geschenke kaufte. (Sie weigerte sich allerdings, Las Vegas auch nur für einen Tag zu verlassen.) Aber schließlich wurde sie von einer jener Alterskrankheiten befallen, die die Menschen aushöhlen wie der Hausvorteil den Spieler. Sie wurde bettlägerig und immer schwächer. Aber tagtäglich versammelten sich ihre Freundinnen um ihr Bett und spielten Gin-Rummy mit ihr. Und so starb sie auch – mit einem vollem Blatt in der Hand und einem Minussaldo von 87 Cent.

In den frühen Tagen von Las Vegas brach einmal ein alter Wüstenfuchs vor der Tür eines Kasinos zusammen. Einige gute Samariter hoben ihn auf, trugen ihn ins Kasino und betteten ihn auf den Blackjacktisch. Ein paar Spielertypen sammelten sich um den Bewußtlosen und begannen zu wetten, ob er die Ankunft des Arztes erleben werde. Jene, die auf ›nein‹ gesetzt hatten, gestatteten keinerlei Erste Hilfe, da dies mit den Regeln der Fairneß unvereinbar gewesen wäre.

Diese Geschichte hat, wie so viele Spielergeschichten, ein Happy-End. Der Wüstenfuchs erholte sich von seinem Anfall. Die Spieler, die gewonnen hatten, spendeten einen Teil ihres Gewinns als Startkapital für die Zeit nach dem Krankenhaus.

Der vielleicht einzige vorausschauend-kluge Spieler in der Geschichte von Las Vegas war ein Mann namens Odds Bodkin. Er war ein Ehrenmann, der stets seine Spielschulden bezahlte. Wenn er einmal wirklich großes Spielglück hatte, zahlte er dem Hotel, den drei oder vier besten Restaurants in der Stadt, einem Kleiderhaus, einem Juwelier, seinem Friseur, seiner Maniküre sowie der Bordellmutter um die Ecke einen gewaltigen Vorschuß. Auch wenn sich die Karten ganz gegen ihn wenden sollten, konnte er dennoch ohne Bargeld einige Monate hindurch ganz gut leben.

Im Alter verließ ihn das Glück immer mehr. Zwei Jahre bitterer Armut brachten ihn völlig zur Verzweiflung. Er konnte sich einfach nicht damit abfinden, daß er schließlich ein Verlierer geworden sei, und schrieb, als er siebzig geworden war, an alle seine Freunde Briefe, in denen er ankündigte, daß er sich das Leben nehmen werde. Als frommer Katholik bat er die Freunde, für ihn zu erwirken, in geweihter Erde bestattet zu werden.

Seine Freunde eilten zum Pfarrer, der ihre Bestechungsversuche empört zurückwies. Sie gingen nun hin, um ihren Freund zu Grabe zu tragen. Als sie eintrafen, stellten sie zu ihrer großen Freude fest, daß ihm am letzten Tag seines Lebens das Glück wieder hold geworden war. Er hatte bereits für den Strick gesorgt, mit dem er sich erhängen wollte. Bevor er zur Ausführung schritt, wollte er sich noch ein wenig hinlegen, um Kräfte zu sammeln. Er sank in einen tiefen Schlaf und starb an Herzversagen. So wurde er in geweihter Erde beigesetzt, was ihm eine prozentuell wirklich hervorragende Chance gab, in den Himmel zu kommen.

In einem schicken Hotel am Strip rollten die Würfel wie wild, die Einsätze überschlugen sich. Der Würfler mit dem größten Spielglück geriet beim Aufstapeln seiner 100-Dollar-Jetons und beim Schütteln des Bechers so in Fahrt, daß ihm sein Gebiß auf den grünen Filz des Tisches fiel. Der Croupier schlug, ohne aus dem Rhythmus zu kommen, die falschen Zähne zur Seite und rief: »Ausgestiegen! Ohne Punkt!«

Ein besessener Spieler namens Gerhard Goda, halb Schweizer und halb Chinese, gründete ein bekanntes, großes Restaurant in San Francisco. Einige Jahre lang behielt sein Schweizer Blut die Oberhand, und er verdiente ein Vermögen, da die Leute in den Restaurants ja mindestens ebenso geschröpft werden wie in den Spielkasinos.

Aber im Laufe der Jahre setzte sich langsam sein chinesisches Erbgut durch, und Goda gewöhnte es sich an, drei oder vier Tage im Monat in Las Vegas zu verbringen. Er war ein wahrer Desperado unter den Spielbesessenen und verlor bei jedem Aufenthalt ungeheure Summen. Doch das Restaurant ging gut, und es gab weiter keine Probleme.

Sein Hotel in Las Vegas entwickelte eine Art von Verehrung, nicht nur für seine bereits sprichwörtliche Pechsträhne, sondern auch für seine unerschöpfliche Brieftasche. Schließlich entschloß sich die Hoteldirektion, eine Geburtstagsparty für den Kunden zu veranstalten. Vierhundert Spieler aus Las Vegas waren eingeladen. Als Höhepunkt wurde auf verdeckten Rädern eine riesige Geburtstagstorte in den Saal gerollt. Die Torte öffnete sich, die Seitenwände klappten auf, und zur großen Überraschung aller kam ein veneziaroter Stutz-Bearcat-Sportwagen im Wert von dreißigtausend Dollar zum Vorschein.

Gerhard Goda brach in Tränen aus, als er dieses Zeichen der Freundschaft erblickte, und vergaß darauf, daß er sich für das Geld, das er allein im Verlaufe eines Jahres verspielt hatte, zehn dieser fantastischen Fahrzeuge hätte kaufen können.

Im darauffolgenden Jahr veranstaltete die Konkurrenz eine Geburtstagsparty und schenkte ihm ein noch luxuriöseres Auto, weil sie hoffte, ihn so vom anderen Kasino wegzulocken und selbst als Kunden zu gewinnen. Wieder brach Goda in Freudentränen aus über das Glück, solche Freunde zu finden.

So ging es sechs Jahre lang. Gerhard besaß bald eine ganze Flotte teurer Autos. Unglücklicherweise brach aber seine Firma wegen Vernachlässigung und ständiger Kapitalabschöpfung zusammen. Goda sperrte sein Restaurant zu und übersiedelte nach Las Vegas. Seine Freunde fuhren in seinen Autos spazieren, und er verspielte sie Stück für Stück. Nicht lange, und er stand ohne Geld und ohne Bleibe da.

Wie die meisten Spielergeschichten hat auch diese ein Happy-End. Eines der Hotels gab ihm einen Job als Betreuer, und er entledigte sich seiner Aufgabe in hervorragender Weise. Im Bastelkeller seines Hauses stellt er nebenbei antiken Schmuck her, den er besessenen Spielern zum Geschenk macht, wenn sie an seiner Schulter vor lauter Rührung über seine Freundschaft zu weinen beginnen.

Alle Erörterungen über die Spielleidenschaft münden in die Frage, welches Glücksspiel die größte Faszination auf den Spieler ausübt: Blackjack, Würfel, Roulette, Baccara oder Spielautomaten. Die Antwort ergibt sich aus der folgenden wahren Begebenheit.

Vor Jahren wurde im übervollen Kasino des Sahara-Hotels anonym mit einer Bombenexplosion gedroht. Der Kasinodirektor ging zum Mikrofon und verkündete: »Eine Bombendrohung ist gegen das Kasino gerichtet worden, bitte verlassen Sie den Saal!« Niemand rührte sich von der Stelle. Fünf Minuten später gab der Kasinodirektor wieder durch: »Bitte verlassen Sie sofort das Kasino! Es besteht die Gefahr, daß eine Bombe versteckt worden ist.«

Als erstes gingen die Blackjackspieler, dann die Würfelspieler (es kann sein, daß an jenem Abend nichts lief), dann die Baccaraspieler und schließlich die Roulettespieler. Aber die Spielautomaten surrten und blitzten weiter. Die Spieler warfen ungerührt ihre Münzen ein. Von tausend Spielern verließen nur vier ihre Automaten. Glücklicherweise stellte sich die Bombendrohung als ein falscher Alarm heraus.

Bill Miller, der große alte Mann des Showgeschäfts, einer der Mitbesitzer des damals neu erbauten Frontier-Hotels, hatte einen großen Freundeskreis leidenschaftlicher Spieler.

Während er eines Abends beim Dinner in seinem Hotel saß, sprang an einem der Nachbartische ein bekannter Spieler auf, voll Zorn darüber, daß ihm für seine Mahlzeit eine Rechnung präsentiert worden war. Er schrie Bill zornig an: »Du gemeiner Scheißkerl. Mir läßt du eine Rechnung vorlegen?«, drehte sich zur Kellnerin um und forderte sie auf, die Rechnung so lange bei sich zu behalten, bis er im benachbarten Kasino den entsprechenden Betrag gewonnen habe. Die Rechnung lautete auf 4,80 Dollar.

Er ging zum nächstbesten Würfeltisch und verlor innerhalb einer knappen Stunde 80 000 Dollar. Als Bill Miller hinausging, um sich die Sache anzuschauen, war der Spieler bereits in Schweiß gebadet. Bill Miller lächelte und ging. Als Bill um drei Uhr morgens nach Hause ging, war der Spieler bereits bei einem Minus von 150 000 Dollar angelangt. Am nächsten Morgen, als Bill zum Frühstück erschien, war der Spieler schon mit 200 000 Dollar im Nachteil.

Um vier Uhr nachmittags, als Bill von seinem Verdauungsschläfchen draußen in der Sonne neben dem Swimming-pool zurückkam, betrug die Schuld des Spielers bereits 300 000 Dollar. Er sagte zu Bill, er möge sich keine Gewissensbisse machen, es sei alles in Ordnung und er wäre durchaus geneigt, sich von Bill zum Essen ausführen zu lassen.

Als sie am Tisch saßen, betrat ein Bekannter Bills, ein Arzt aus Los Angeles, mit seiner Frau das Hotel. Bill lud sie zum Essen ein. Im Verlaufe des Gesprächs erzählte Bill davon, daß sein Freund, der Spieler, versucht hatte, 4,80 Dollar zu gewinnen und dabei 300 000 Dollar verloren hatte. Der Spieler wandte sich zur Frau des Arztes und fragte sie, ob sie nicht ihr Glück versuchen wolle. Bill Miller, der immer einige Silberdollar bei sich hatte, zog ein paar hervor und sagte: »Hier, meine Liebe!« Die Frau des Arztes ging zum nächsten Würfeltisch und blieb siebzig Minuten dran. Der Spieler, der sie begleitet hatte, um ihr Ratschläge zu geben, kam in eine Glückssträhne. Er konnte nicht nur seine Schuldscheine über 300 000 Dollar auslösen, sondern gewann noch 85 000 Dollar dazu. Die Frau des Arztes, die mit 1-Dollar-Jetons gespielt hatte, gewann 7800 Dollar. Mit einem süßen Lächeln wandte sie sich zu Bill, der entgeistert zusah, überreichte ihm eine Handvoll Silberdollars und sagte: »Danke, Billy. Hier hast du dein Geld zurück!«

Am nächsten Abend, wieder im Speisesaal, trafen sich Bill Miller und der Spieler zufällig wieder. Sie drehten sich beide auf dem Absatz um und liefen davon.

Würfelspieler sind bekannt dafür, daß sie mit einer Eselsgeduld darauf warten können, daß ein Spieltisch ›heiß‹, also gewinnbringend, wird. Sie können ohne weiteres zwanzig Stunden durchhalten und unaufhörlich spielen, bis es ihnen einmal gelingt, den großen Wurf zu machen. Kommt dieser, wird wie verrückt gesetzt, die Verluste werden zurückgewonnen, und man kann sogar mit Gewinn aussteigen. Zumindest gilt das allgemein als die beste Strategie. In vielen Fällen freilich kommt und kommt der ›heiße‹ Wurf nicht. Oder gerade dann, wenn der Spieler eine Pause macht, um zu schlafen oder eine Kleinigkeit zu essen.

Ein Spieler stand ganze 36 Stunden an einem ›kalten‹ Tisch und brach dann beinahe zusammen. Er sagte zu seiner Frau, er müsse kurz aufs Zimmer, um sich ein wenig zu erholen. Er übergab ihr seine Jetons und instruierte sie genau. »Du weißt, wie ich setze. Setze auf alle Zahlen, bleib dran und wecke mich auf, wenn die Würfel heiß werden.«

Er ging auf sein Zimmer, schlief ein und wachte erst nach fünf Stunden wieder auf. Wilde Flüche gegen seine Frau ausstoßend, raste er hinunter und sah, daß sie nicht nur alle seine Schulden zurückgewonnen, sondern noch 50 000 Dollar dazugewonnen hatte. Sie sagte zu ihm: »Ich habe dich nicht aufgeweckt, weil die Würfel nie heiß geworden sind. Ich habe gegen sie gesetzt!«

VII

Schlußwort, aber keineswegs das letzte Wort

Es ist ganz natürlich, daß die intelligentesten, begabtesten und kultiviertesten Menschen nichts vom Glücksspiel halten. Sie haben dafür auch eine ganze Reihe von stichhaltigen Gründen. Das Spiel ist für die Gesellschaft unproduktiv; das Spiel ist für den einzelnen Menschen unproduktiv. Es fördert weder den Geist noch die Gesundheit. Wer spielt, liebt deshalb seinen Nächsten um nichts mehr, er versteht ihn nicht einmal besser. Das Spiel vergeudet Zeit und Energie. Es verhindert unter Umständen Ihre Karriere. Es hält den Autor von der Fertigstellung seines Romans und den Studenten von seiner Diplomarbeit ab. Selbst die Müllabfuhr leidet unter dem Glücksspiel, denn wenn es kalt ist, spielen die Männer der New Yorker Müllabfuhr in ihren warmen Lastautos Karten, anstatt zu arbeiten. Das Spiel hält Sie davon ab, Ihre Frau so oft zu lieben, wie Sie es als guter Ehemann eigentlich sollten. Die Väter werden durch das Spiel davon abgebracht, ihren Kindern bei den Schulaufgaben zu helfen. Das Spiel raubt das hart verdiente Geld, so daß Frau und Kinder hungern müssen und vielleicht bald kein Dach mehr über dem Kopf haben. Das Spiel macht krank, da man seine Zeit in verrauchten Räumen und in Kasinos verbringt und weder frische Luft noch genügend Bewegung bekommt.

Wer intelligent, begabt und empfänglich für die schönen Dinge im Leben ist, braucht das Spiel nicht – meist nicht.

Spielen ist verrückt, weil man dabei nur verlieren kann. Bei jeder Art von Glücksspiel hat das Kasino einen Hausvorteil zwischen 2 und 14 Prozent. Spielen heißt verlieren. Warum also das Spiel nicht durch strenge Gesetze und harte Strafen abschaffen? Warum das Glücksspiel in einer zivilisierten Gesellschaft überhaupt noch tolerieren?

Nun, der Mensch lebt nicht vom Brot allein. Er lebt auch nicht nur für die Kunst. Der Mensch braucht seine sinnlosen Träume vielleicht mehr als alles andere im Leben. Aus zwei Gründen. Er muß die Härten und Leiden des Lebens irgendwie vergessen. Er muß vergessen, daß er sterben wird. Selbst wenn der Mensch nur deshalb spielt, weil er einem Trieb folgt, ist er noch lange kein Affe in den Bäumen.

Es stimmt, daß das Glücksspiel in der Vergangenheit großen Schaden angerichtet hat. Man braucht nur die einschlägige Literatur zu lesen: zahllose junge Männer mit großem Vermögen in England durch das Hasardieren ruiniert; Tausende und aber Tausende Männer aus den arbeitenden Schichten hingerichtet, weil sie stahlen, um dem Spiel frönen zu können. Es ist zweifellos ein schweres Laster, wenn das Spiel die Menschen derart in Versuchung führt, daß sie viele Jahre harter Arbeit verpfänden, um eine Nacht dem großen Glück nachzujagen.

Es ist richtig, daß das Glücksspiel in der Vergangenheit eine geradezu tödliche Seuche war. Ich glaube aber, daß das heute nicht mehr zutrifft. Wie das Penicillin die Geschlechtskrankheiten zu einer relativ harmlosen Angelegenheit machte und die sexuelle Revolution ermöglichte, haben die Fähigkeiten zu lesen, die Erfindung von Kino und Fernsehen, die Möglichkeit, ohne besondere Anstrengung weite Reisen zu unternehmen und ferne Länder zu sehen, den Würgegriff des Glücksspiels um den Menschen gelockert. Wir haben heute ganz andere Vergnügungen, um unsere Ängste zu mildern und unsere Furcht zu überwinden.

Aus meiner eigenen Erfahrung kann ich berichten, daß ich an einem bestimmten Punkt in meinem Leben das

Spiel aufgeben mußte, da ich zur Überzeugung gelangt war, nicht mehr schreiben zu können, wenn ich weiter spielte. Zum erstenmal in meinem Leben, zu einer Zeit, in der ich mehr verdiente als je zuvor und materiell weit gesicherter war als früher, habe ich meine Entscheidung getroffen, daß ich mir das Glücksspiel aus rein ökonomischen Gründen nicht mehr leisten kann. Der Grund dafür liegt auf der Hand: Spielen heißt riskieren, also sich ständig dem ›Faktor Ruin‹ nähern. Als ich arm war, war dieser ›Faktor‹ nicht wichtig. Ich lebte, zum Teufel, ohnedies im Ruin. Jetzt aber besitze ich zuviel, um zu verlieren, und das Risiko ist nicht mehr zu verantworten. Natürlich mußte ich zuerst viel Geld verlieren und beinahe vor die Hunde gehen, um zu dieser Einsicht zu gelangen. Die Erziehung eines Spielers ist eben dornenvoll.

Jeder Mensch sehnt sich nach seiner Kindheit zurück, selbst wenn sie unglücklich war, denn damals war die Welt noch neu und heil. Deswegen spielen auch so viele Leute. Ich glaube, der Mensch sehnt sich nach unschuldigem Glück. Sicher kann man diese Ansicht kindisch nennen. Ich bin aber darauf gekommen – wer nicht? –, daß der Erwerb von Wissen nicht unbedingt glücklich macht. Macht zu besitzen, bedeutet noch nicht unbedingt Glück, auch Reichtum macht nicht jeden glücklich. Die Liebe einer schönen (und vielleicht sogar tugendhaften) Frau macht einen Mann nicht für immer wunschlos. Dennoch bereiten alle diese Dinge Freude. Die traurigste Erkenntnis ist wohl die, daß man nicht einmal dann glücklich ist, wenn man ein guter Mensch ist. Es wird mir immer eines der erstaunlichsten Rätsel bleiben, daß Gelassenheit und Glück im Grunde nur bei indischen Gurus und tibetischen Mönchen zu finden sein dürften, während die himmlische Gelassenheit sonst nur der unstillbaren und beherrschten Selbstsüchtigkeit des Menschen entspringt.

Ich glaube, wir laufen unser ganzes Leben lang dem Glück der Kindheit nach. Und das hängt wirklich nicht mit der Frage zusammen, ob unsere Kindheit glücklich war oder nicht. Ich selbst hatte eine Kindheit, die andere heute eine schreckliche Kindheit nennen würden, aber es war die einzige Zeit, in der ich Augenblicke echten Glücks erlebte. An einem Sommertag frühmorgens ohne Sorgen im Kopf aufzustehen, um im Park Baseball zu spielen – ohne die geringsten Sorgen. Es kann schon sein, daß man als Kind einfach noch zu dumm ist. Aber das hängt mit der körperlichen Entwicklung zusammen. Die Konfrontation mit den Dingen der Welt ist noch zu lebendig. Es gibt einfach noch kein Gefühl für die Sorge. Vielleicht meine ich ein verantwortungsloses Glück. Aber das Spiel hat etwas von ebendiesem Glück.

Und dennoch – es ist mehr als nur das. Es ist der Spieltrieb im Menschen, der seine Entwicklung bestimmt und den wissenschaftlichen Fortschritt ermöglicht. Was, zum Teufel, hätte den Menschen denn sonst dazu gebracht, zum Mond zu fliegen? Warum sollten Ärzte sich selbst Krankheitskeime einimpfen, um neue Heilmittel zu testen? Die Motive für solche Dinge sind nicht zur Gänze selbstlos. Dahinter steckt der Mut zum Risiko.

Wir Menschen wünschen uns Wunder. Als ich noch ein Kind war und das Pik-As von unten aus den Karten zog, lag das nicht nur daran, daß diese Karte in unserem Spiel einen besonderen Wert hatte, sondern auch an ihrem magischen Aussehen. Als ich später mit meinen Kinder spielte und eines von ihnen ständig verlor, gab ich ihm schnell das Pik-As, um es ein wenig aufzumuntern. Aber es machte mir keinen besonders großen Spaß. Als ich meinen ersten großen Bucherfolg feierte, war mir auch nicht ganz wohl dabei, denn mir schien es, als hätte ich dem Glück ein wenig nachgeholfen.

Und das ist die traurige Wahrheit: Ich war dem wahren Glück näher, als ich zwanzigtausend Dollar am Würfeltisch gewann, als an jenem Tag, an dem ich einen Scheck über ein Vielfaches dieser Summe für ehrliche, harte Arbeit an meinem Buch entgegennahm.

Bevor nun jemand sagt, ich sei komplett verrückt, möchte ich doch noch betonen, daß es für mich als Mensch natürlich viel nützlicher war, mein Geld durch harte Arbeit zu verdienen. Ich war ja darauf gekommen, daß mich das Spiel an den Rand der Ruins bringen konnte. Ich war klug genug, die Wetten um hohe Einsätze aufzugeben, bevor ich bankrott ging. Dennoch bleibt eines für mich rätselhaft: Warum freut mich der zufällige Gewinn soviel mehr als das auf sogenannte ›anständige‹ Art verdiente Geld?

Ich glaube, ja ich glaube wirklich, daß die ganze magische Kraft des Spiels im völligen Fehlen von Ehrgeiz und Schuld liegt. Egal wie unser Charakter und unser Verhalten sind, ob wir häßlich, unfreundlich, Mörder, Heilige, schuldbeladene Sünder, Narren oder Weise sind: BEIM SPIEL KÖNNEN WIR GLÜCK HABEN.

Und deshalb, glaube ich, wird immer wieder und immer mehr gespielt werden. Es wird noch mehr Städte wie Las Vegas geben, immer neue Kasinos und bessere Lotterien und raffiniertere Methoden, den Menschen das Geld aus der Tasche zu ziehen. Aber das Spielfieber wird für den einzelnen vermutlich nicht mehr so gefährlich sein. Wir haben schon gesagt, daß es vor dem 20. Jahrhundert nur wenige Zerstreuungen gegeben hat. Es gab kein Kino und kein Fernsehen; nur wenige Menschen konnten lesen; es gab auch nicht allzu viele Bücher. Die Menschen, die die Thora und die Bibel studierten, hatten keine große Auswahl. Sicher, man konnte jagen gehen, Krieg führen und die Meere durchsegeln – abgesehen vom Sex, den es immer gab –, aber sonst? Als die Spielkarten erfunden wurden, war es kein Wunder, daß das Spiel zu einer Seuche wurde, das die Menschen an den Galgen brachte, weil sie sich das Geld nicht etwa für ihre hungernden Kinder, sondern für das Spiel zusammenstahlen. Heute haben wir so viele Vergnügungen – einschließlich des Rauschgifts –, daß das Spiel keine tödliche Gefahr mehr für den Menschen darstellt.

Ich für meinen Teil möchte lieber ein besessener Spieler sein, als vor dem Fernseher zu hocken. Ich sehe mit Schrecken auf die Folgen des Rauschgifts, aber es ist nicht gesagt, daß es in einigen Jahren, wenn man die Rauschgiftgefahr unter Kontrolle gebracht hat, nicht ebenso akzeptabel sein wird wie heute das Spiel. Wie die Dinge heute liegen, wäre es mir aber selbstverständlich viel lieber, meine Kinder würden dem Spiel statt dem Rauschgift verfallen. (Diese Spielbesessenheit – ist sie nicht immer noch besser als die Fernsehsüchtigkeit?)

Und das wird wahrscheinlich auch mein Schicksal sein. Wenn ich einmal zu alt für Sex bin, wenn mir der Appetit auf Pizza und chinesische Ente vergangen ist, wenn meine Paranoia so stark wird, daß ich keinem Menschen mehr trauen oder Liebe entgegenbringen kann, wenn mein Geist austrocknet und ich keine Freude mehr an Büchern habe – dann werde ich mich in Las Vegas niederlassen. Ich werde der elfenbeinernen Roulettekugel nachschauen, meine winzigen Einsätze auf rote und schwarze Zahlen setzen, und der eigentümliche Zauber des Spiels wird mich wieder in seinen Bann schlagen. Ich werde die roten Würfel werfen und den Atem anhalten, wenn sie endlos über den grünen Filz rollen. Ich werde mich an den Blackjack- und Baccaratisch setzen, auf das für mich bestimmte Pik-As warten und wieder glücklich sein wie als Kind.

Sollte ich in den Himmel kommen, wünsche ich mir keine Engel auf schneeweißen Wolken mit Heiligenschein, nicht einmal die schmachtenden Huris der Mohammedaner. Laßt mich lieber in ein mit Spitzbogen, rotem Plüsch und hellen Lüstern dekoriertes Kasino und setzt mir meinetwegen gehörnte Teufel als Croupiers vor. Gebt mir einen Roulettechef im Himmel, der mir unbegrenzten Kredit einräumt. Und wenn es einen gütigen Gott in unserem Weltall gibt, dann wird er anordnen, daß wir, die Spieler, einen ewigen Hausvorteil gegenüber der Bank besitzen.

Dank des Autors:

An Lanetta Wahlgren, Pam Kromer, Saundra Feingold und Diane Belmonte für ihre Recherchen;

an Milton Stone und Alan Lee, die mich in die Folklore von Las Vegas eingeführt haben;

an Anthony Puzo für seine Hilfe beim Ordnen des Materials, beim Korrekturlesen und für seine Vorschläge;

an Bob Markel für die IDEE und an seinen Mitarbeiterstab für die Durchführung.

Composition et mise en pages
Nord Compo à Villeneuve-d'Ascq

Imprimé en Espagne par
Liberdúplex
à Sant Llorenç d'Hortons (Barcelone)
en avril 2022

POCKET - 92, avenue de France - 75013 Paris

S32478/01

REMERCIEMENTS

Merci à Florian Lafani et Amandine Le Goff, mes éditeurs, qui ont eu l'audace de placer leur confiance dans un fantôme.

Merci à toute la formidable équipe du Fleuve, qui a planché sur cet ouvrage d'un auteur sans visage.

Merci aux libraires, blogueurs, journalistes, et merci à vous tous, lecteurs, d'accepter ce contrat implicite : le message est toujours plus important que celui qui le porte.

Merci à ce monde fou, malade, et pourtant si beau, qui a fait de moi ce que je suis, petite alarme dans le brouhaha ambiant, ombre parmi les ombres.